作者简历

张保庆,河南南阳镇平人,生于一九四四年,毕业于北京外国语大学。曾任教育部副部长、党组副书记。离开部领导岗位后,又先后担任过中国教育发展基金会理事长、全国高校设置评议委员会主任等职,现任(全国)教育书画协会会长。本人自幼酷爱书法艺术和古典诗词。对于这两门中国传统艺术,六十多年来如醉如痴,苦耕不辍,在孜孜不懈的实践、探究中,有所悟、有所得、有所创、有所成。已出版文集《沉思录》、诗集《抱清吟》、书法作品集《抱清集》、专著《比较教育学》(与人合著)、小说《老三》和《根》、译作《茶花女》,主编《浅谈中国印章艺术》。

抢读吧(增订本)

张保庆 著

中国教育出版传媒集团
人民教育出版社

图书在版编目（CIP）数据

抱清吟 / 张保庆著. —增订本. —北京：人民教育出版社，2023.1（2023.11重印）
ISBN 978-7-107-37306-0

Ⅰ. ①抱… Ⅱ. ①张… Ⅲ. ①诗词—作品集—中国—当代 Ⅳ. ①I227

中国国家版本馆CIP数据核字（2023）第015037号

BAOQING YIN
抱清吟（增订本）

责任编辑 李 雪
装帧设计 李 媛

出版发行		人民教育出版社
		（北京市海淀区中关村南大街17号院1号楼 邮编：100081）
网	址	http://www.pep.com.cn
经	销	全国新华书店
印	刷	北京华联印刷有限公司
版	次	2023年1月第1版
印	次	2023年11月第2次印刷
开	本	787毫米×1 092毫米 1/16
印	张	19.25
字	数	314千字
定	价	98.00元

版权所有·未经许可不得采用任何方式擅自复制或使用本产品任何部分·违者必究
如发现内容质量问题、印装质量问题，请与本社联系。电话：400-810-5788

目录

增订本前言　9
初版序　10

冬夜独坐　1
为友题画竹图　2
赴京就学途中　3
思往　4
咏泉　5
永遇乐·惜籍　6
十六字令三首　愁　8
感愤　10
困惑　11
秋夜　12
南乡子·初晨，再登延安杨家岭　13
杂咏　14
浪淘沙·悼恩公　15
无题　16
秋夜苦思　17
卜算子·伤春　18
坐山观松　19
感事　20
隐庐留题　21
"九一三"事件有感　22
梅雪吟　23

悼陈毅二首　24

风吟　26

看样板戏有感　27

元旦　28

四古·咏草　29

思事　30

水调歌头·乡思　31

偕友游崂山偶成　33

四古·香山冬吟　34

霜雪　35

书愤　36

悲竭　37

登黄鹤楼　38

即事　39

满江红·"四人帮"垮台感愤　40

题画　42

西湖中秋抒兴　43

悼彭总　44

惜蜀　45

满庭芳·"五一"游北海　46

听雪　48

读史有怀　49

习书偶成二首　50

和苏老　52

江城子·答友人　53

兴叹　55

哭母　56

再登黄鹤楼　57

鹊桥仙·乘船游三峡　58

洱海漫兴二首　59

水调歌头·中秋夜海边赏月　61

游千岛湖　63

书怀　64

慈母仙逝三周年祭　65

如梦令·草原即兴　66

哭恩师　67

乘船游漓江　68

题友画作《夕阳图》　69

国庆感事　70

思才　71

再次参观井冈山烈士纪念馆　72

水龙吟·登嘉峪关　73

丽江小楼品茗　75

踏莎行·丽江城抒兴　76

闻变　77

北戴河落日观海　78

感赋　79

望海亭　80

主席百年诞辰有感　81

南疆遣兴　82

赴敦煌途中　83

敦煌　84

品茗　85

（越调）天净沙·西双版纳口占　86

五古·老槐赋　87

赠妻　89

偶成赠别　90

坐思　91

春兴　92

鹧鸪天·自嘲　93

题林则徐画像　94

偶观一群公仆夜宴　95

摸鱼儿·会友　96

香港回归志贺　98

闻雁　99
周总理百年诞辰有感　100
游雁荡山　101
赠校友　102
党校即兴　103
刘少奇同志诞辰一百周年留题　104
怒啸　105
有感于澳门回归倒计时一百天　106
满江红·建国五十周年大庆观礼台即兴　107
五古·天命感怀　109
声声慢·公墓漫吟　111
诉衷情·感难　113
事非经过不知难　114
江边深秋垂暮　115
感遇　116
新千年感怀　117
湖兴　118
渔家傲·早秋吟　119
桂枝香·颐和园排云殿赏景　120
伤酒　122
土家族观舞　124
六十遣怀五首　125
乘船夜游三峡　128
读前人书论偶成　129
春节感怀　130
渔家傲·乡心　131
赠邵逸夫先生　132
王安石　133
乘船游宁德杨家溪　134
骑马观山　135
思暮二首　136
偕友游张家界　138

东坡吟　139

悼阿拉法特　141

临窗坐夜观湖　142

宁夏四景　143

神农架游吟二首　144

雾霾感愤　145

汾阳王　146

观松　148

满江红·汶川地震　149

金融危机感咏　151

秋风入京　152

秋风赋　153

凭栏独酌　154

悼黄克诚　155

为张志和书法艺术集题句　156

昆明湖吟兴　157

端午　158

与某公互答　159

老塘　160

偶占　161

有感　162

退休吟得俚句七首　163

望岳　167

为娄正纲绘画艺术集题句　168

读史杂咏十四首　169

寄病中友人　179

重游西湖得句　180

虎跳峡　181

泸沽湖口占　182

香格里拉即兴　183

民族乐器赞　184

满江红　185

同德国赛德尔基金会合作二十五年吟贺　187

感世　188

感年　189

有思二首　190

隐忧　192

遣兴　193

炎凉吟　194

定风波　195

长白山天池　196

愤事　197

悼小狗皮皮　198

坐思　199

七十感怀十六首　200

思友人　209

晨观　210

湖边漫步　211

五古·忆亡友　212

为小说《根》中一段爱情悲剧题句　213

夏日感事　214

吟老　215

月夜小酌　216

渔家傲·梁子湖畔　217

秋心　218

咏莲　219

寄老　220

偶成　221

寄事　222

安暮　223

秋兴十六首　224

初夜听箫　232

写兴八首　233

江边　237

寄友人 238
山暮 239
内蒙古草原口占 240
满江红·曳杖观海 241
桑榆吟 243
答友人 244
品知遇 245
思老 246
独处 247
往事 248
夜吟 249
太史公 250
七十五岁漫兴十四首 252
除夕 258
西江月·送新冠瘟神 259
惊梦 260
忧心 261
斟酌 262
随兴 263
心迹 264
奈何桥 265
复兴难 266
嘲老 267
忆往四首 268
生死辨 270
杂吟十一首 271
满江红·党百年华诞志贺 276
感愤 278
苏幕遮·迟暮吟 279
晚霞 281
思慈 282
好事近·冬奥 283

病中吟　284

远客思　285

独坐偶成两首　286

吟杖　288

六州歌头·半生吟　289

增订本前言

拙作《抱清吟》,由陕西师范大学出版社初版后,受到了方方面面的关注。不少好友、同事、大家和前辈,或来信不吝赐教,或当面建言斧正,其殷切关爱之情诚诚然,激励鞭策之心跃跃然。闲暇漫兴之作,信手率性之为,竟蒙如此厚爱,实在令我这个当事者感念难禁,诚惶诚恐,决心再做努力,以谢各方。

此次增订,增加了二〇〇四年至二〇二二年期间的新作。同时,为不误读者,不负识者,我对初版中的一些作品作了认真修改,对相关内容亦有所删增和调整。

在《抱清吟》(增订本)出版过程中,人民教育出版社的领导给予了鼎力支持。谢仁友、李雪等同志,不辞辛劳,认真筹划,做了大量的具体工作,并提出了不少宝贵意见。在此,一并表示衷心的感谢!

作　者

二〇二二年七月

初版序

《抱清吟》是一位业余爱好者几十年个人古体诗词作品的选集。

中国的古诗、绝句、律诗和词曲（时下一般统称为古体诗词），是一种高雅精深的文学形式，在我国的文学史上占有重要的地位，更是中华璀璨传统文化中的瑰宝。其和谐的格律，配以汉文字特有的音节与声韵，形成了一种独特的、无以伦比的艺术魅力。作为一个中国人，接触一些古体诗词，既有助于了解祖国丰厚博大的传统文化，亦能陶冶情操，美化心灵，提高语言修养和对文学的审美品位。

诗集作者张保庆，字抱清，河南人。长于农村，家境清寒。自幼虽立志攻读理工，然亦不废文史，尤爱古体诗词。偶尔为之，尚可入目。及长，因身体原因，曲志转攻文科。后又服从时代的安排从政。几十年来，时移事异，曲折坎坷，逆境顺遇，磨难风雨，取舍之间他不得不放弃了不少自己喜爱的东西，唯独对古体诗词与书法，则视之为国粹，情有独钟，酷爱不辍。虽因公务繁劳，无暇深攻而每感愧憾，但也从持之有恒、习践始终、累有长进中得到享受和快慰。与其同代人一样，保庆同志是在新中国成长起来的。幸赖国家、人民、父老、师长的关爱和培养，才得以有所学、有所成，才能在行知路上做出些许业绩；同时又同他们那一代人一样，在将自己的命运与国家、民族兴衰紧密相连的过程中，经历、目睹了不少天灾人祸、是非变故、慷慨悲苦、忧乐愤懑……事之所启，情之所至，自然流凝成不少难得的诗句。

保庆同志常谓朋友：每一种艺术都有其特定的形式与内涵；舍此，这种艺术就不存在了。我国的古体诗词，在格式、韵律方面，形成了一套完整的规范。其境博大精深，其艺永无界止。有志于古体诗词者，当然在总体上应力求对这些规范的把握与熟练运用，并努力在实践中不断积累、提高，渐次向所谓"以规范为主"与"以内容为主"相统一的境界攀进。同时，在一些特殊情况下，也不能为戒律所滞，或过于苛束。否则，中国的古体诗词就难以在不断变化的时代中，为更多的人所喜爱、所继承，更谈不上发扬光大了。有鉴于此，作为一个业余爱好者，保庆同志在进行古体诗词创作的尝试和实践中，一方面注重情境，追求神韵，言志咏怀，叙事体物，直曲显隐，刻创新意，渐成一种苍慨深沉、豪迈奔放的风格；另一方面，他又力争严循格律，在规矩中遣词铸句，自出机杼，在技巧中纵横笔力，挥洒情怀，展现出较高的造诣。同时，他亦历来主张规在致用，守正变通。故遇有"情、律"相触、实在无法兼得之时，亦不乏"不协音律"或"不入腔"之笔。对古今（近）之音、今（近）古之体……他也以此态度待之。对此，尚请识者谅之。

诗集作者，自初中始，即有试笔之作。虽持之极严，却时有不禁。各类诗体词令，累计迄今，大约已不下数百首。遗憾的是，由于种种原因，其中的大部分均已散失。唯至近年，也许是"人老爱回忆"的缘故，他才开始多方寻集，竟得二百余首。经本人严格遴选，留称意者编成此集。为使有缘读到此诗集的朋友能更好地理解每一作品出手时的相关背景，本诗集不以类为序，而据时间的先后编排。

行家云："诗贵有情。"浏览了本诗集中的力作，信然！

大家云："诗重格调。"读了保庆同志所作的诗词，信然！

古人云："《诗》可以兴，可以观，可以群，可以怨。"细品《抱清吟》中的作品，信然！

是为序。

如 峰

二〇〇一年春节于北京

冬夜独坐

一九六二年十二月

是年深冬,在距家八十五里的县城读高中。时一切吃用皆由家带。一周六,遇大雪,路断粮亦断。同学均返家。深夜一人独坐灯下,残水余烬,伴人酸楚。

朔风摇窗衣衾寒,
四顾影孑感万端。
杯中剩水暂充酒,
脚下余烬权当棉。
无边夜雪隔乡路,
有限明周果腹难。
悲怆虽缘饥肠起,
岂教饥肠裁志宽!

为友题画竹图

一九六三年秋

干节早已成铮骨，
常偕本色入画图。
傲寒从来不揖让，
挺削向使有宾服。
不问酬答问自持，
但求知遇求愧无。
古忧今愁谁能避，
放情摇曳任萧疏。

赴京就学途中

一九六四年九月

  初秋,被高校录取,将赴京就学。时家徒四壁,为旅资筹措,领略了不少白眼、酸涩。启程日,老父坚送至县城并代背行囊。本出村不远即有长途公共汽车,不乘。父子相伴,安步当车,为省旅费也!一路行来凝视老父身影,百感交集。此情此景,铭骨刻心。

  夜色满衣步履急,
  父子兼程星光稀。
  舍车犹恐盘资短,
  负笈更惧累儿力。
  风拂斑发沧桑痕,
  曦映衰躯岁月迹。
  立身之本告诫再,[1]
  纵有欢肠泪已滴。

---

[1] 临别时老父一再叮咛:不贪财色,乃立身之本,万望珍重。此训一直铭记在心。

思 往

一九六四年冬

一路风尘入京都,
往事来梦歌亦哭。
六年学程汗湿路,①
三秋饥肠②泪洗书。
多病萱堂煮命饭,③
白发椿庭送雪谷。④
师情一片埋心底,
定教此生不虚付!

---

① 我上初中时,学校离家20里;上高中时,校、家相距85里。在整整六年求学过程中,我没乘过一次公共交通,均以步当车。真可谓汗湿学路!
② 彼时河南农村严重缺粮,难得温饱。
③ 一九六三年冬,家境困至极颠,本人又患病,学业难继。欲休学,然老师朋友均极力劝阻。无奈,身体有病的老母在学校附近借一间小屋亲自为炊。虽仍是菜薯,但终可热食矣!
④ 一九六二年深冬,遇大雪,无法返家。时一切吃用皆由家带。正当为下一周生活发愁时,见老父满身是雪闯入,言专为送白薯而来。闻之泪下,父子相抱痛哭。此事痛彻肺腑,亦决志,坚终学业。

咏 泉

一九六五年春

倩影绝壁上,
清吟云岫间。
吐气成烟霞,
飞雪染巉岩。
色纯泻甘冽,
源正逼荒寒。
急缓皆净爽,
涓涓在流远。

永遇乐

惜 籍[①]

一九六五年

是年暑期，再读《史记》，尤为项羽惋惜。

揭竿吴楚，[②]
披靡万里，
叱咤风雷。
临阵夺帅，
破釜沉舟，
山河满壮悲。
美人有虞，
俊骥谓骓，

[①] 项羽，名籍。
[②] 项羽同其叔项梁起义于吴（今江苏苏州一带）。吴战国时属楚地。

八千子弟惧谁?
纵横间、霸袖群雄,
淋漓本色神威。

矫杀失人,
拒谏谋叛,
矜傲纵志乱内。
柔断疆场,
错离际会,
韬略输公沛③。
楚歌垓下,
惨烈江边,④
再误拒不东归。
堪惜矣、风流兴替,
逝者如水。

---

③ 指刘邦。
④ 项羽兵败,自刎于乌江边。

十六字令三首

愁

一九六六年六月至十月

时"文化大革命"方兴未艾。本人对社会上所发生的种种现象，先是不解、困惑，继之生愁、生忧。

一

愁，
时风时雨时雾稠。
欢情薄，
踯躅惧凭楼。

二

愁，
寒凝霜重仍未休。
春色倒，
百思成长忧。

三

愁，
狂涛巨浪卷神州。
哭无泪，
何处是尽头！

感 愤

一九六六年十二月

偕友赴山城参观白公馆、渣滓洞，心潮悲慨，经久不已。

无有死者岂创业，
从无创业不流血。
陷狱已约亡友面，
临刑早闻泉台歌。
慷慨赴死缘信仰，
从容就义仗气节。
尸骨垒得山河新，
风云不挡千秋业。

困 惑

一九六七年七月

一年来的"文革",令我百思不得其解。初期的冲动激情渐渐冷却下来。

初来激情动豪心,
继有疑云掩歌吟。
满室困惑解不得,
霜月入窗夜沉沉。

秋 夜

一九六七年十月

是年秋,"文化大革命"变得更加扑朔迷离,本人心情亦日趋沉重。为避批斗,私返农村老家。家有小院,夜坐其里,触景生思。

似迟冷月漫小院,
霜风袭衣到座前。
林梢星斗闪迷津,
岭上夜色锁愁寒。
秋声入院摇乱影,
月光掠窗惊素帘。
高天含情江涛白,
孤云自致任空远。

南乡子

初晨,再登延安杨家岭

一九六七年十一月

宝塔凛重霜,
飞霞几抹染周岗。
映出当年决胜地,
悲壮。
又闻铁骑踏苍凉。

如今稚子狂,
气盛歌高唱大江。
愿效前贤山河护,
惆怅。
搜尽腹笥无文章。

杂 咏

一九六八年二月

天高云不淡，
山巍携重寒。
海阔渡忧累，
路长步惧难。
水急催沙石，
涛高覆舟帆。
风雨翻作态，
霜雪迎新年。

浪淘沙

悼恩公

一九六八年四月

惊悉一位一直关心我成长、助我完成学业的老领导自杀身亡，椎心泣血，痛彻肺腑，填此词以悼之。

风雨敲窗碎，
一夜无寐。
洒向枕边尽是泪。
噩耗确确宁难信，
天远问谁？

品高自成危，
俯仰无愧。
弃身留骨梦成灰。
苍天终有开眼日，
冬去春回！

抱清吟

无 题

一九六八年秋

风雨早满楼，
寒气逐晚秋。
声喧夜难静，
云涌昼亦忧。
浪兴在脚下，
霜重到肩头。
水浑禁摸鱼，[①]
流急当稳舟。

[①] 1966年秋天的一个晚上，陈毅元帅到北京外国语学院（今北京外国语大学）看大字报。看完后，他对周围的人讲，路线斗争十分复杂，每个人都要清醒对待，绝对不能浑水摸鱼。本人在场亲聆之。

秋夜苦思

一九六八年十月

两年的"文化大革命",令我常常陷入痛苦的思索。

林涛又劲月色淡,
树影摇曳接星寒。
窗前阵风惊瘦竹,
屋后残霜压敝栏。
独坐灯下吟成夜,
孤依床头思无眠。
起身漫步庭院里,
犬吠传来心更烦。

卜算子

伤 春

一九六九年四月

时"文化大革命"浪潮愈演愈烈。世事难料,景异物非。春天虽至,然气息却无,真可谓鸟音悲、花溅泪!

桃花挂泪痕,
柳丝牵新忧。
应是姹紫嫣红时,
满城花却瘦。

昨夜愁断梦,
今朝更添愁。
极目大江明灭处,
烟雨一叶舟。

坐山观松

一九六九年秋

"文化大革命"中的是非利害常逼人作出抉择。人品、良心，亦不断经受折磨。每及此，总以松树的风骨自勉。

苍身终约在山林，
烟霞霜雪壮啸吟。
干节不因寒暑改，
云冠总教四时荫。
虬枝横发摇尘雾，
盘根纵结撑苦辛。
坦然一团清刚气，
不动不摇观古今。

感 事

一九七〇年秋

"文化大革命"虽已历四载,然全国仍笼罩着一种万马齐喑、家悲人苦的气氛。

大海扬尘烟雨新,
春风无奈拂艰辛。
山高仙彦名伤腑,
水深龙才灵刺心。[①]
明月难圆身心累,
高天但阔衣食陈。
老友夜访羞无酒,
忽闻邻家传悲吟。

---

① 化用刘禹锡《陋室铭》中"山不在高,有仙则名。水不在深,有龙则灵"之意。

隐庐留题

一九七〇年冬

深冬，踏雪游南阳诸葛亮隐庐卧龙岗。

久慕龙岗今才决，
隐庐此时皆罩雪。
风摧亭榭立硬瘦，
霜凝碑石坐清介。
一腔血泪留绝吟，[①]
两表[②]丹心遗孤节。
鄂王墨宝[③]今可在，
来生难卜此生血。

[①] 岳飞力主抗金，壮志难酬，以鲜血与生命吟成千古悲壮之词《满江红》。
[②] 指诸葛亮的前后《出师表》。
[③] 岳飞平反后，被追封为鄂王。传岳飞被十二道金牌从抗金前线召回时，曾夜宿南阳卧龙岗，并愤书诸葛亮前后《出师表》。

"九一三"事件有感

一九七一年十月

林彪等人仓皇叛逃，机毁人亡。静心思之，心潮难已。

公道在人心，
天意岂可违！
沧海涛万丈，
大江浪千回。
未见冰雪心，
莫言高者伟。
悲冤有尽时，
红日不更归。

梅雪吟

一九七一年冬

时陪外宾住某依山宾馆。室内有梅,窗外有雪。然心绪欠佳,与景相悖,信口吟之。

窗外碧空净,
室内铁梅清。
远山掩苍色,
近野漫晶莹。
疑是霜尘急,
更似寒气兴!
山河皆冬意,
心岂不如冰!

悼陈毅二首

一九七二年一月

一

谈笑生死梅岭篇,①
再留豪气贯江南。②
决胜淮江指颐事,③
运筹沪上对弈间。④
国际风云能收袖,
家国是非断却难。
天高有时望不得,
一身可恃立清山!

---

① 红军长征后,陈毅同志留在苏区坚持游击战争。一九三六年冬在梅岭被围,虑不得脱,生死之际,慷慨作名诗《梅岭三章》。
② 抗日战争时期,陈毅同志一直领导新四军在江南作战。
③ 指陈毅同志参与领导的淮海战役、渡江战役。
④ 指陈毅同志解放初任上海市市长时的各种艰辛。

二

毛主席参加陈毅追悼会，在全国引起巨大反响。然本人仍心情沉重，有喜有忧。

是冬是春是耶秋？
欲喜还悲泪难收。
易水铮魂谁可数，
精诚哭破万年愁！

风 吟

一九七三年夏

寒暑动顽心，
时舞啸长吟。
狂来吞沙石，
兴起吐爽欣。
常携雨雪至，
总扶冷暖近。
去留尽清影，
炎凉皆由人。

看样板戏有感

一九七三年秋

戏有千面人多容，
和而不同成繁荣。
东边日出西边雨，
北舞霜雪南飞虹。
千蝉噤声生绝唱，
万马齐喑死真雄。
丑美善恶千秋史，
音稀终难成一统。

元 旦

一九七四年一月

"文化大革命"中，本人虽历尽坎坷，但始终以自重、自持而自勉。

谈笑独在千峰上，
穷目总觉众山低。
书生一介七尺命，
昆山片玉三寸笔。
终南捷径趋者众，
举三无私①持之稀。
唾面自干非为耻，
东隅桑榆任由之。

---

① 孔子曰："天无私覆，地无私载，日月无私照。……此之谓三无私。"

四 古

咏 草

一九七四年夏

孑然寸身,冷对枯欣。
敢吐清气,能留薄茵。
青素立命,勇抗喧尘。
纤弱推挽,根骨千斤。
生死从约,淡泊无恨。
茕不忘志,群尚惜心。
因风委露,潇洒古今。

思 事

一九七五年二月

时全国形势有所好转,然是非曲直能否还其本来面目,仍疑、虑兼之。

往事如烟烟难散,
近情似水水带寒。
水寒常冷心万颗,
烟轻竟漫史三千。
灿烂人道灿者少,
纷呈公论公亦难。
不教大过污本色,
浪高风急仍远帆。

水调歌头

乡　思

一九七五年秋

一叶已知秋，
三愁①挂院竹。
二分明月檐下，
春色已难驻。
梦里又回茅舍，
粗茶淡饭烤薯，
笑语惊邻户。
泥味沁人醉，
抵掌忆童趣。

---

① 指愁国、愁家、愁己。

云霞露，
炎凉雾，
风霜雨。
玉壶冰心音稀，
日月无反顾。
知汉亦论魏晋，
惜直方懂枉曲，
庸忧堪最苦。
清风每有意，
山河总阔舒。

偕友游崂山偶成

一九七五年十月

秋山森然负半囊，
瞰回总觉路曲长。
闲云悠悠连远树，
轻烟渺渺掩近塘。
壁立千仞高中累，
泉飞万点低处伤。
钟声传来古刹远，
凭心也许过悲凉。

四 古

香山冬吟

一九七五年

深冬,"批邓之风"甚嚣尘上。本人与几位好友忧愤交加,相约再登香山。触景生情,无尽悲怆。

群峰依旧,不见枫叶。
霜寒石冷,厉风凄绝。
树似枯槁,静对万壑。
游人杳杳,冷观败雪。
飞鸟隐鸣,残阳如血。
绝壁限日,浩叹嵯峨。
高吟自试,慷慨悲彻。
云山有眼,不废日月。
为民伐罪,丹心不灭。

霜 雪

一九七六年一月

惊悉周总理病逝，泪如雨下，连天悲愤，涌上笔端。

> 梅花挂泪别样白，
> 风泣苍原天地哀。
> 掩雪层峦成挽幛，
> 染霜林树是灵台。
> 夕阳含血恨无尽，
> 晚云吐纱悲难埋。
> 是非何必靠喧闹，
> 人心终会见高矮！

书 愤

一九七六年四月

清明节,人们自发云集天安门广场,用诗词、眼泪、哭声与挽联悼念周总理。本人曾亲临其境,悲忧万里,不得不吟。

京华又落六月雪,
无边白纱掩日月。
长街人凄悲转恨,
广场花哭泪成河。
万家饮咽恐天坠,
九州放悲惧地裂。
苍天不作黑白辨,
天理正气从此绝!

悲 竭

一九七六年六月

人们对"四人帮"的愤恨已至极点。国事、家事的忧虑、愁苦,令人心泣血,泪转恨。

愁到尽头已无愁,
悲至极颠黯然收。
无多朋辈直清影,
有数文章吐真猷。
千秋辨雪雪难净,
万载治水水清流?
块垒当约三生后,
坐数寒星到云头。

登黄鹤楼

一九七六年八月

满目河山乾坤小,
千秋功罪评此楼。
凭栏似觉大潮涌,
十年再来诗赋留。

即 事

一九七六年九月

"四人帮"虽猖狂至极,但人心不死,正气不灭。

总有苍松立山河,
更存清花护日月。
地陷从来仅见缝,
天塌自古唯陨落。
老骥何惧铁骨碎,
烈士岂教壮心灭!
寄意涛头颈项硬,
万里乾坤血正热。

满江红

"四人帮"垮台感愤

一九七六年十月

苍天有眼,
恨无限、终到暂歇。
忍回首、连天哀痛,
遮日蔽月。
故交魂影凄绝语,
股肱硬项悲天血。
哭无泪,
陆沉压心碎,
霜与雪。

四丘貉,
一小撮;
恶作尽,
罪无赦。
人心决胜负,
自古是说。
不教神定教人定,
勿信天命信众约。
应思透、一切祸中源,
从头越。

题 画

一九七七年五月

春风杨柳不嫌迟，
松节梅影难入诗。
和风又送秋冬远，
霜林年年发新枝。

西湖中秋抒兴

一九七七年九月

秋云弄暖山色清,
碧波徘徊湖光明。
岭横苍翠悠且远,
舟飞浪雪惊又平。
薄暮衔照水天韵,
落霞吟洒菊荷情。
自古已然览物地,
不尽诗思催再临。

悼彭总

一九七八年十二月

是年十二月,中央正式为彭老总平反。闻之绕室痛哭,悲愤难禁,和泪吟之。

曾经九死未曾死,
竟殁"十年"成血憾。
横刀弹雨尚览月,
曲身冤海唯问天。
宁留直节敢授命,
忍逊文思苦剖肝。①
海天明月伤圆缺,
守业历来如此难。

---

① 指彭总几次向毛主席上书事。

惜 蜀

一九七八年冬

再读《三国志》，感慨诸葛先生隐出后的心志、得失。

卧龙凤雏尽归蜀，
未见蜀汉灭魏吴。
一捷赤壁得三利，
六挫祁山亏四无①。
开济两朝忠见血，
陈表②一城谋空图。
江山不唯心迹白，
有帆有海方风流。

---

① 指既亏天时、地利、人和，又亏能征善战之将。
② 指前后《出师表》。

满庭芳

"五一"游北海

一九七九年五月

碧波醉荷，

轻燕逐叶，

黄口玉女萧郎。①

曲径绿满，

嫩丝②拂花香。

笑语惊飞帆影，

橹荡急，

笛声柔扬。

花簇里，

低低切切，

偎依皆成双。

---

① 指稚童、美女、俊男。
② 指柳丝。

春伤，

可识得，

人比花瘦，

酥手③秋江④。

叹元素⑤、少穆⑥，

天道难偿。

欲凭高山流水，

每每是，

贾生、李广⑦。

风霜逼，

华年日落，

清心会苍凉。

---

③ 陆游所作名词中，有"红酥手"之句。该词哀惜自己与唐琬的爱情悲剧。
④ 京剧名段《秋江》，描写尼姑陈妙常与观主之侄潘必正相恋之事。观主窥知后逼潘即离观。陈为爱所激偷出追赶。在老艄公指引下，终于在秋江岸边追上潘。
⑤ 明军事家袁崇焕，字元素。袁守辽多年，屡立战功，后被崇祯帝冤杀。
⑥ 林则徐，字少穆。
⑦ 贾生，指贾谊，西汉才子；李广，西汉抗匈奴名将。两人均曾怀才不遇。

听 雪

一九七九年冬

欣逢大雪，坐听入神，吟之。

任由潇洒落，
从容布梅馨。
习习近传远，
飒飒悄来近。
绵绵浑无意，
姗姗吐清音。
滋润天地间，
淡泊是本心。

读史有怀

一九八〇年春

百代帝王愁社稷，

兴勃亡忽终存疑。

秦灭沙丘①是楚户②，

隋绝江都③非秦遗。

靖康崇祯④轻忧患，

贞观康乾⑤重史启。

奸宵妖姬皆小恙，

如海民心方为基。

---

① 秦始皇出巡途中病死于沙丘。赵高、李斯密谋，设计杀太子扶苏，立胡亥为帝。自此，秦速衰，三年后即亡。
② 取古人"楚虽三户，亡秦必楚""楚虽三户尚亡秦"之意。
③ 公元618年，隋炀帝在江都（今江苏扬州）为部将所杀，隋即亡。
④ 靖康，北宋最后一个皇帝宋钦宗的年号。公元1127年，金兵攻陷汴京，掳徽宗、钦宗两帝，北宋亡，史称"靖康之变"。崇祯，明最后一个皇帝朱由检的年号。
⑤ 分指唐太宗和清自康熙至乾隆三帝在位时的盛世。

习书偶成二首

一

一九八一年元旦

少时家贫倍艰辛，
尔来境宽生临心。
喜恋天地笼形内，
贪爱风云上胸襟。
咫尺有限限无境，
点画可数数古今。
笔端凝情能圆梦，
收拾闲情醉墨馨。

二

一九九九年十月

满纸龙蛇是心弦，
摇曳挥洒云雾间。
经意点画吐肺腑，
随欲笔墨出清甜。
无限感慨生腕底，
一派豪情揽毫端。
放假人生翰墨里，
补尽丹憾在纸山。

和苏老①

一九八二年初夏

交浅言深幸会时，
长者风范千古诗。
纵横学坛业成垒，
呕心苗圃树繁枝。
壮心不已身先老，
雄风犹存鬓染丝。
老竹新竿春意浓，
四海高足唱严师。

---

① 夏初，幸会苏步青老前辈于巴黎。时苏老有诗见赠，乃和之。

江城子

答友人

一九八二年冬

山水阻隔总难忘。
相思苦,
谁能量!
一襟憾恨,
尺素话短长。
十年悲欢付长吟,
数坎坷,
笑沧桑。

推枣让梨笑疏狂。

疏何错，

狂何妨！

少年心曲，

浅酌醉黄粱。

相期再逢村边树，

发轻染，

鬓微霜。

兴　叹

一九八三年春

多年在欧，触异国之景，生兴中华之叹。

共承天下风和雨，
贫富悬然却为何！
地物虽缘造化定，
盛衰但凭人力决。
人误常留椎心恨，
机失每滴毁梦血。
世无穷种在际会，
卧薪应忌骄与奢。

哭 母

一九八三年十一月

时，在巴黎中国驻法使馆任职。惊悉老母患癌症且至晚期，急痛交加，然职责在身无法即归。思母一生艰辛，数夜不寐，任由泪下。

万木萧疏挂残雪，
一城暮色悬钩月。
人经风雨命先老，
身罹绝疾寿将绝。
半世教子劳和累，
一生持家泪与血。
恩重情深裂肺腑，
万里阻隔又奈何！

再登黄鹤楼

一九八四年四月

黄鹤不归又如何，
积厚春意笼山河。
骋怀晴川长天远，
寄情芳草碧野阔。
千里帆樯催潮浪，
万家烟火托日月。
风流不搁千秋笔，
再填新词又新歌。

鹊桥仙

乘船游三峡

一九八四年五月

层峦叠翠，
繁花堆岸，
春江偎波拥澜。
竞渡千帆掠薄雾，
浪花里、笑语一片。

目尽千里，
思透万般，
难禁梦萦情牵。
素志冰心堪无价，
若知遇、虽苦犹甜。

洱海漫兴二首

一九八五年八月

一

苍山负雪来海底,
流云携天映水蓝。
烟霞带情沉袖内,
舟帆逐兴到樽前。
湖波荡悬俊姑影,
亭榭缥缈蓬莱烟。
放眼可抵千里阔,
春风杨柳又一年。

二

湖清装天落,
山远高负雪。
色重逼岛翠,
风柔逐帆多。
云淡漫超逸,
人闲透洒脱。
穷富皆可恃,
唯路须择决。

水调歌头

中秋夜海边赏月

一九八五年九月

欲踏月万里,
提酒上九霄。
背负青天狂饮,
俯仰皆逍遥。
波荡轮月琼境,
浪捧星斗仙瑶,
笑语比天高。
风清山海间,
糕香神州飘。

抱清吟

秦时月，

汉唐梦，

清斜照。

世事茫荡，

人生尽意自古少。

情断黄衫、赵柳[①]，

遗恨卫鞅、半山[②]，

河岳满悲啸。

月圆是人心，

情寄岁岁好。

---

① 黄衫，相传唐时霍王之女霍小玉与陇西名流李益相爱，后被李抛弃。小玉为此愤郁成疾。病危时，梦见一黄衫侠士挟李益至。小玉怒斥之，后长恸而绝。赵柳，指赵鸾鸾与柳颖（元代才子）的爱情悲剧。赵柳为近邻，相爱至诚，但历尽坎坷。柳遇贼被害后，赵鸾鸾自缢殉情。

② 卫鞅，即商鞅。秦孝公时两次主持变法，使秦致强。后被诬，遭车裂。半山，王安石之号。王系宋名相，力推变法，未成功。

游千岛湖

一九八六年秋

日沉白沙沙生烟,
峰落碧波波摇天。
岛树万簇风浪里,
水天一线云岫间。
满目游影笑争渡,
一湖秋色画中悬。
万物皆呈悠闲态,
何处横笛送远帆。

书 怀

一九八六年冬

坎坷一书生，
留气慰知行。
未曾谙风物，
已伤高者情。
而立敢独处，
不惑袖清风。
俯仰天地间，
忧乐万家心。

慈母仙逝三周年祭

一九八七年二月

一介清魂上九重，
曾是辛劳救家穷。
虽无刺字教报国，①
但有铮骨育子童。
纺线线长撑学业，②
筹资资短哭行空。③
呕心沥血折阳寿，
慈心天下第一鸿。

---

① 岳飞之母曾在其背刺"尽忠报国"四字。
② 一九六三年冬，母亲为支持我完成高中学业，带病在学校附近借一小屋，一边纺线一边为我做炊。
③ 一九六四年秋，我被北京一大学录取。时，家一贫如洗。母亲为筹措路费，四处奔走，然却每每空手而归。母亲为此曾多次向隅而泣。

如梦令

草原即兴

一九八七年九月

驱车由呼市入乌盟，一路景色千变万化。

鹅黄、嫩绿、深黛，
鸟飞草长羊来。
脆歌传何处，
白云碧野天外。
天外，
天外，
如诗如画如海。

哭恩师

一九八八年春

　　自去年入冬以来，陆续惊悉几位恩师病逝，百感交集，痛悼失声。

回首风雪千山路，
感愧师心梦醒时。
关爱沉沉耳提频，
励精切切面命急。
德厚总严立身正，
识远每责求学直。
更贵相契情无价，
几哭恩师几依稀。

乘船游漓江

一九八八年十月

秋色涌江满,
桂荷香岸凉。
窗悬峦岫翠,
帆挂烟霞苍。
碧芳浸野远,
清气爽水长。
一襟游情浓,
舒卷诗兴狂。

题友画作《夕阳图》

一九八九年四月

夕阳残照乾坤浮,
老月陈星聚夜图。
山影兀兀立清气,
林色隐隐存干骨。
夜临堪园千般梦,
老至难吟万古赋。
犹惊苍发怜我晚,
屈指得失有亦无。

国庆感事

一九八九年十月

酸甜苦涩四十年，
泪汗伴血三洗天。
治尽百废有愧误，
挽平数涛存悲欢。
站起已付步步血，
复兴更是层层难。
骄奢易使乾坤老，
直下沧海挂云帆！

思 才

一九八九年十二月

古往今来论成败,
痛定思痛唯人才。
成才赖淌千斗汗,
显才必克万般碍。
识才总须伯乐到,
尽才更待机缘开。
人才路上虽多憾,
不挡才者接踵来。

再次参观井冈山烈士纪念馆

一九九〇年七月

是年夏,陪领导重游井冈山。当时苏、东欧正在发生剧变。综观世局,抚今忆昔,感慨万端。

面壁破壁皆悲慷,
幸赖当初上井冈。
功臣去国留愿重,
将星陨落寄情长。
昨夜战鼓尚震耳,
今日腥雨又逼窗。
不信胜负已论定,
五十年后再评量。

水龙吟

登嘉峪关

一九九一年九月

振衣登临萧然,
一派豪气镇边关。
俯拥平沙,
揽断绝壁,
日月云间。
霞满千堞,
雁咽城阙,
驼铃声远。
古墙皆苍斑,
游人如织,
可识得,
此关难。

抱清吟

积骸成莽疆界,
狼烟起,
征人几安!
飞将枕血,[①]
冠侯遗愿,[②]
满目风寒。
数朝饮恨,
几代兴叹,
积贫致患。
往事俱已矣,
孤烟不再,
塞赋新填。

---

① 西汉抗匈奴名将李广,人称"飞将军",屡立战功,后因兵败自杀。
② 西汉抗匈奴名将霍去病,累军功被封冠军侯,有"匈奴未灭,无以家为"之愿。

丽江小楼品茗

一九九二年十月

脚下碧溪吟，
座上柔风轻。
茶气辞喧闹，
清馨更醉人。

踏莎行

丽江城抒兴

一九九二年十月

花雾沾衣,
烟霞湿头,
城迷绿荫人迷楼。
泉绕亭台流笑语,
柳拂人影惊风柔。

阿郎魂断,
阿妹情羞,
娇装不识偷牵袖。
若诗若画依桥上,
如醉如痴偎茶楼。

闻 变

一九九二年冬

目睹苏联解体、东欧剧变,百感交集。

四海寒气再相逼,
五洲悲流压天低。
七十春秋翻江海,
数载乱谋倒根基。
悲剧当追功和过,
灾祸应思是与非。
周期重演我不信,
千古一系在人梯。

北戴河落日观海

一九九三年秋

落霞数抹满海明，
晚潮弄波细风轻。
远岛披金待嫩月，
近橹摇银约淡星。
岸上高林列黛阵，
天际云烟传清馨。
潮汐兴替千秋涌，
坐览山河起雄心。

感 赋

一九九三年十月

是年秋,奉命率文艺团赴日慰问留学人员。

扶桑秋色又见新,
喜结小团慰远亲。
大歌唱罢人人泪,
妙舞曼尽场场情。
晴圆未必皆美意,
阴缺如何不诚真!
更上层楼做异客,
四海明月赤子心。

望海亭[①]

一九九三年十月

谁说已到天尽头,
水天云涛一亭收。
豪情正逐五洲浪,
携勇再上一层楼。

[①] 山东龙须岛成山头有一望海亭,时有名人在此留书"天尽头"三字。

主席百年诞辰有感

一九九三年十二月

一代风流百代惊，
风骚独领宇内空。
胸襟能括天和海，
才略敢冠古与今。
决胜千里帷幄内，
斗敌掌上谈笑中。
人生易老天难老，
高岁有憾留人评！

南疆遣兴

一九九四年七月

出差和田、喀什。一路行来，深感祖国之大，南疆之美。

平沙漫漫偎绿洲，
绿洲尽在沙中游。
潺潺雪水浇翠色，
累累瓜果滴碧油。
袅袅炊烟醉林树，
悠悠琴音迷瓜楼。
野云万里连漠远，
一夜细雨沙香柔。

赴敦煌途中

一九九四年九月

漠域苍茫沙风热，
驼铃阵阵吟天阔。
车如舟帆瀚海里，
山悬金滩迎牧歌。

敦 煌

一九九四年九月

萧残沉沙四百年，
国弱民困盗寇欢。
悲哭国宝伤心史，
怒啸文珍耻辱篇。
幸赖国士几代力，
敦煌终立环宇间。
罪祸劣迹王道士，
是非功过张大千。

品 茗

> 一九九五年春节

一杯龙井置眼前，
碧缕轻翻自成天。
载沉载浮逸情醉，
色浓色淡明心甘。
回味能识风和雨，
品馨敢论波与澜。
斟古酌今神仙事，
茶中自有天地宽。

（越调）天净沙

西双版纳口占

一九九五年秋

椰林、碧塘、黛荷，
吊楼、烟霞、鸭鹅，
俊姑红袖脆歌。
烟柳绰约，
云迷月醉人乐。

五 古

老槐赋

一九九五年十月

老家房前有一老槐，所栽年代不详。幼年常在其下乘凉。是年在家小住，观之已呈龙钟之态。人若老木，顿生感慨，漫吟成句。

干苍多节疤，顶秃枝渐稀。
叶少难成冠，根衰已见疾。
老态呈无奈，龙钟有淡凄。
夏临雷雨加，冬来霜雪欺。
善者亦白眼，恶人更厌歧。
春华成往事，美名俱已矣。
不忍就此倾，抑或乃发枝。
稚童尚可攀，老叟还能依。

抱清吟

薄荫残凉气，积枝每成笠。
漫嗟荣辱事，悲憾有铮知。
余岁留铁色，暮年抱清厉。
耳闻烟尘远，目睹人生逼。
不敢问春蕊，但可比节义。
萧然枕清霜，坦衷冰心泣。
虽暮难安命，任怨独不寂。

赠 妻

一九九五年十二月

明水一盂照流年，
结缡犹在相知间。
薄身能忍千钧重，
弱襟敢装万般难。
甘苦均赖齐眉意，
逆顺每靠雁丘山①。
仲姬泥中有你我，②
山海风波一百年。

---

① 金代诗人元好问曾作《雁丘词》(《摸鱼儿》)，悼雌雄双雁间生死相依之痴情。
② 元代书法家赵孟頫之妻管道升，字仲姬。赵欲纳妾，仲姬作词相劝，词中将自己和赵比作一块泥，并有"我泥中有尔，尔泥中有我"之句。

抱清吟

偶成赠别

一九九六年二月

机缘促成几位好友在一起苦干三年。分离之际,以诗互勉。

三年伏枥岂息肩?
千日履冰可质天。
是非难洗书生气,
利害不脱文人肝。
不惑①幸赖农家味,
天命②犹凭清志坚。
烟云漫尽多少事,
赋罢相约再试担。

---

①② 子曰:"吾十有五而志于学,三十而立,四十而不惑,五十而知天命……"

坐 思

一九九六年三月

一夜梦归未消愁，
坐思隐痛总难休。
花样千万塞四府①，
空谋数亿满九州。
当初已绝荣衰计，
今日岂再趋俗流。
最坏无非芹与薯，
不是落魄是国忧。

---

① 指党委、人大、政府、政协四大班子。

春 兴

一九九六年四月

万木又到吐绿时,
稚叶争展唯恐迟。
林泉毓秀花唱歌,
河岳钟灵泉吟诗。
江水愔愔帆逐影,
岸风习习柳拂堤。
篱畔兰菊醒冬梦,
千载吟和惊碧溪。

鹧鸪天

自　嘲

一九九六年九月

貌不喜人嘴不甜，
孤直情愫欠洒然。
体胖心拙伤曲复，
不土不洋不转弯。

清醒苦，
麻木憾，
肝胆见血黑白间。
几番歌哭才气老，
历来识骨比面难。

抱清吟

题林则徐画像

一九九六年冬

回天身手终成恨，
蹈祸虎门弃家身。
逐臣不羞协防务，①
罪身乃甘充河臣。②
三载龙沙兴农牧，③
几秋陕贵④掬冰心。
荣辱浮沉初衷在，
认败开眼第一人。⑤

---

① 林则徐在广州被革职之后，仍不顾个人得失，协助时任大臣筹划广东、镇江、宁波之防务。
② 林在流放新疆途中，旨命以戴罪之身，在豫协助治理黄河。林欣然从命，日夜奔劳于河堤之上。
③ 林在新疆谪居三年，大兴农牧。龙沙，指塞外荒漠。
④ 指林后在陕甘、云贵地区任职数年。
⑤ 鸦片战争虽败，但林力主应认真研究外国，师外国之长。史称林是近代中国"开眼看世界的第一人"。

偶观一群公仆夜宴

一九九七年二月

时吃喝之风正盛。

座上宾客皆岸然，
一派潇洒逼窗轩。
千金轻挥杯中酒，
万银笑洒桌上餐。
盘箸互磕无羞色，
觥筹交错尽坦安。
醉眼哪识膏脂血，
冷眼观之心生寒。

摸鱼儿

会 友

一九九七年春节

三十余年之后，得与几十位少时师友聚首，恍然如梦，苦楚感慨，纷至沓来。

契阔生死天涯宽，
重聚满是怆然。
若梦似真怯相认，
长唏嘘、久感叹。
泪潸潸！
语声咽、诉不尽风雨悲欢。
初衷尚坚。
往事堪伤最，
漫忆似水，
半生弹指间。

人向晚，
记花开忘流年。
耻王后、愧卢前。[①]
惜鬓欲洗千般雪，
洗尽无数还满。
斜阳灿，
秋风里、沧桑满眼天地宽。
心清最甜。
友情如老酒，
本色日醇，
笑酹山海天。

[①] 借用《旧唐书·杨炯列传》中杨的话，意思是把自己的地位放在当时称为"初唐四杰"（王勃、杨炯、卢照邻、骆宾王）之一的卢照邻之前是自愧不如的，但放在王勃之后又于心不甘。后人常用以表示虽不如他人，但也不甘落人后。今多指比上不足，比下有余。

香港回归志贺

一九九七年七月

完璧归来昭日月，
一遍民心拥山河。
港香难掩百年泪，
海清岂洗万人血。
家败向使邻爱少，
国破总招外患多。
一页耻史成陈迹，
普天同唱复兴歌。

闻 雁

一九九七年十月

一声鸿雁近，
万里动乡心。
客思九万重，
归梦千钧沉。
凭栏烟波旧，
临轩风雨新。
无边秋色里，
信步任漫吟。

周总理百年诞辰有感

一九九八年一月

早有丰碑在人间,
大有大无大过天。
毕生尽献诸葛策,
至死仍剖比干肝。
负重不算堪中事,
忍辱方教难上难。
两袖清风九霄上,
千古一相一大贤。

游雁荡山

一九九八年四月

雾托千峰出,
歌邀云涛来。
径幽闻泉吟,
瀑飞见雪白。
长柳拂碧溪,
短桥流霞彩。
夜色舞千影,
皓月装满怀。

赠校友

一九九八年春

曾是倜傥风华灿，
今皆苍斑天命年。
俯首不羞有足影，
扪心堪慰无愧寒。
师情似海海生死，
校恩如山山百年。
梦绕云山寻旧约，
无边忆思透远山。

党校即兴

一九九八年九月

三十年来忙置身，
梦里常生偷闲心。
欣得三月探书海，
更喜百天研伪真。
师长堂上开塞颅，
学友辩中正源根。
浑然一院山水画，
月明林下气色新。

刘少奇同志诞辰一百周年留题

一九九八年十一月

收拾山河费思酌,
和而不同天祸落。
胆心卧剑剑懂冷,
汗青挂血血知热。
辩是辩非成壮吟,
大悲大冤铸蹉跎。
寸寸山河寸寸泪,
留愿九霄正寥廓。

怒　啸

一九九九年五月

五月八日，惊悉我国驻南使馆遭美导弹袭击，义愤填膺，仰天怒啸，愤然命笔。

噩耗传来心顿寒，
凭栏怒啸发冲天。
椎心旧耻又来梦，
裂肝陈辱再眼前。
五洲总盼祥和日，
四海每悬霸主鞭。
自古春色不恋泪，
唯赖真力立世间。

抱清吟

有感于澳门回归倒计时一百天

一九九九年九月十日

归来尚须待百天，

为求补瓯四百年。

两山①对峙敢锁海，

一水②相隔竟难圆。

七子之歌③成陈吟，

万荷④清韵奏和弦。

伤心岂止晒物地⑤，

痴情更系日月潭⑥。

---

① 澳门古称"蠔镜、濠镜澳"。因南北有两山相对，形状如门，故后又有"澳门"之称谓。
② 指珠江。
③ 指闻一多先生于一九二五年所作的眷念澳门的一组诗歌。
④ 莲花先为澳门区花，后又成为澳门区徽的设计元素之一。
⑤ 第一批葡萄牙人以晾晒水浸货物之名，通过贿赂守澳的中国官员得以上岸，后窃居澳门。
⑥ 指台湾的日月潭。

满江红

建国五十周年大庆观礼台即兴

一九九九年十月一日

如此江山，
眺望处、满目繁华。
人潮涌，
旌旗云掩，
朝气成霞。
金戈铁马撼古今，
摘星揽月傲天下。
为今朝，
洒尽青春血，
生华发。

抱清吟

念从前，
思如麻；
想今后，
雄志发。
扬眉堪足慰，
休自多夸。
顺变敢变千般策，
复兴能兴万家话。
风云会，
金瓯尚有瑕，
费筹划。

五　古

天命感怀

二〇〇〇年元旦

家境本清寒，白丁几代传。
父母愤供学，窘迫复万难。
黄口尚有志，发奋抑苦酸。
幸赖国家恩，不负有苍天。
修身存土味，立命誓效贤。
直节持生死，忘机亦坦然。
不羞贫贱乐，敢逼财色远。
知遇不奢冀，知己常自勉。
浮日尚珍重，铭记饿无眠。

抱清吟

吁嗟身已老，枥马难云闲。
一身多曲毁，志存云水间。
鬓霜染憾恨，寸心见血斑。
生无负人事，唯觉愧壤泉。
岁月流古今，追忆每怆然。

声声慢

公墓漫吟

二〇〇〇年清明

春又临矣,
万里拥红,
云淡气清风细。
碑龛堪连天远,
亡者故地。
几处新烟薄酒,
怎倾尽、生者心迹。
草青青,
柏依依,
终是哀思难寄。

抱清吟

悲欢荣辱生死，

浑相似，

人命岂违天意。

寂寥愁愤，

每每身不由己。

一棺是无等等①，

千古风流、俱成昔。

夕阳里，

佳梦可忆命难期。

---

① 是无等等，佛家语，意为是是非非、成败得失，说到底都如云烟，了无区别。

诉衷情

感 难

二〇〇〇年五月

近年，有幸参与落实科教兴国战略中的几件大事，深知其重，备感其难。

数载不辞事万般[①]，
独步千古难。
春华终寄秋实，
发轫催成篇。

花成果，
苦转甜，
鬓染斑。
痴心衔泪，
浓淡自斟，
有暖有寒。

---

① 指科教兴国之大业。

事非经过不知难

二〇〇〇年九月

事非经过不知难，
如履薄冰如临渊。
最难不在初定计，
费神恰是终成篇。
几番风霜发当白，
数度寒暑汗应咸。
欲凌绝顶是绝累，
细细品来苦亦甜。

江边深秋垂暮

二〇〇〇年十月

柳色年年从此别，
秋风携寒过江河。
薄暮冥冥初月起，
浓霞绯绯残阳落。
老舟无奈偎旧岸，
新桥着意立新波。
天光云影图画里，
枫叶岭上传晚歌。

感 遇

二〇〇〇年十二月

看电视剧《一代廉吏于成龙》，值湖北巡抚张朝珍江边夜送于赴福建任按察使一集有感。

清寒不挡治鄂计，①
泪眼相惜赠骏骑。②
至诚诚在托身后，③
大恩恩于辩诬时。④
利害勿论论功过，
勋禄不计计相知。
君子之交仍可淡，
民心如烛⑤照素衣。

---

① 于成龙离湖北之际，仍向张巡抚奏事，献治鄂之计。
② 张朝珍不忍与于相离，并以一匹好马相赠。
③ 张与于相别时，曾以身后事相托。
④ 于在鄂任职时，数遭诬陷，均赖张相知，竭力为其辩护。
⑤ 武昌民众得知于将乘夜离鄂，自发撑船秉烛夜送。烛光波影，绵延数里。

新千年感怀

二〇〇一年元旦

旧时风物方半谙,
际会云涛又千年。
岁月如歌爱兼恨,
世事似潮波伴澜。
长驱或可远成近,
直下也许险转安。
预意满眼皆代谢,
强弱各争一方天。

湖 兴

二〇〇一年中秋节于苏州东湖

凝碧千里连翠岸,
秀岭半依压水蓝。
溶溶正是中秋月,
淡淡恰拂满湖帆。
回首路曲有险处,
眺望天远漫云烟。
少年初衷梦中泪,
情切总在伤情间。

渔家傲

早秋吟

二○○一年十月

山清总在风雨后，
月明每恨云烟稠。
长空雁啼是早秋。
苍天厚，
花老叶黄碧水流。

昨夜风雨又满楼，
坐断炎凉情未休。
十万愁绪系神州。
斯人瘦，
春华落得白满头。

桂枝香

颐和园排云殿赏景

二〇〇二年秋

云天空远,
秋风又萧劲,
枫红柳烟。
梅青荷黛波蓝,
桥影疏淡。
美人如水画廊下,
总角①嬉,
一园畅欢。
媪翁相扶,
语轻水宽,
藤依雕栏。

---

① 指稚童。

秋生寒，

人亦叹晚。

旧情堪追忆，

天涯海边。

冯唐易老②，

应制小曲常弹。

夕阳落照染天地，

检点平生四季间。

一掬冰心，

数片清愁，

无限河山。

---

② 唐代王勃作《滕王阁序》，其中有"冯唐易老，李广难封"句。冯唐，西汉人，有才识，历经文、景两帝，未得重用。到汉武帝欲重用时，冯唐已届九十高龄。

伤 酒

二〇〇三年春节

浊酒一杯竟成醺，
依稀千古行令音。
刘伶①玄石②千日醉，
三闾③子安④百代沉。

---

① 传刘伶嗜酒，每出即携酒一壶，使人荷锸伴之，曰："死便埋我。"
② 玄石，即刘玄石。其人饮酒无度。传其到一酒家沽酒，酒家沽与"千日醉"，但忘嘱其少饮。玄石至家狂饮，大醉不醒。家人不知实情，误以为已死，即葬之。千日过后，酒家忆起玄石曾来沽酒，急到玄石家视之。家人告已死三年，且葬。酒家急令开棺，玄石始醉醒。于是世上即有"玄石饮酒，一醉千日"之说。
③ 屈原官至三闾大夫，后投江而亡。曾有人问其为何遭流放，他答曰："举世皆浊我独清，众人皆醉我独醒，是以见放。"
④ 子安为"初唐四杰"之一王勃的字。王勃每作文，必先酣饮而卧，思成腹稿。曾以《滕王阁序》饮誉文坛。后往交趾探父，渡海溺水，受惊而卒。

醉翁亭[5]里酒无假，

鸿门宴上酒失真。

杯酒释权是赵普，[6]

虚步归来唯剩心。

---

[5] 欧阳修作《醉翁亭记》，其中有名句："醉翁之意不在酒，在乎山水之间也。山水之乐，得之心而寓之酒也。"

[6] 赵匡胤建立北宋后，为防带兵将领效其"陈桥兵变，黄袍加身"之法而夺权，即与大臣赵普设计，邀有功宿将饮宴，劝他们自动释去兵权。史称"杯酒释兵权"。

土家族观舞

二〇〇三年五月

彩虹挂衣上，
花香染院栏。
妙舞舞人醉，
脆歌歌天闲。
步蹈生素馨，
袖扬拂清甜。
此景已久违，
依依不忍还。

六十遣怀五首

二〇〇四年

一

海阔天空生迷茫,
旧雨新烟费思量。
曾是血热斥风雨,
今乃心冷品炎凉。
胸中点墨染废纸,
襟上才情凝真霜。
不悲琴老悲音断,
垂丝万丈钓天堂。

二

六秩岁月半秋霜,
淘尽尘沙是疏狂。
总梦才情绘春色,
东风不便无周郎。

三

往事难如烟，
如烟更怆然。
糊涂亦有泪，
清醒乃无眠。
新客惧误期，
老翁喜得闲。
是非埋生死，
悠悠百年间。

四

新茗品罢客影空，
窗外青山意融融。
屋左江河奔大海，
门右峰峦入苍穹。
一为老叟知时晚，
几拂艾发懂命穷。
秋色纵横夕阳里，
权将余寿戏孙童。

五

堪慰少时尚志宽,
留持今日意无阑。
风霜不辞行知路,
雨雪总伴践成间。
春至有花花挂泪,
秋去留实实带斑。
唱晚每羞鬓发白,
夕霞盈天又一年。

乘船夜游三峡

二〇〇四年九月

夜色满舷对初月，
气爽风柔起细波。
几声笛鸣峰影动，
万家船火映长河。

读前人书论偶成

二〇〇四年十月

二王书脉逾千年,
论评无数多成玄。
师笔师刀在点画,
依帖依碑为开颜。
天赋勤勉三七开,
笔砚学养四六间。
修身可助登堂奥,
头白翰海仍有寒。

春节感怀

二〇〇五年二月

年逾六秩不自衰，
岁月无奈洗头白。
远逐烟雨初衷里，
近拂忧丝晚晴外。
意气万里还可恃，
冰心一壶堪自得。
泉台老友应谅我，
尚有数事待安排。

渔家傲
乡　心

二〇〇五年五月

路寒山冷浑无计，
一片乡心任迢递。
夜夜村桥梦依稀。
眺望急，
归心万里归无期。

月缺月圆换不息，
花开花落彰年意。
日出日卧任东西。
春风里，
相思无边天无际。

赠邵逸夫先生

二〇〇五年十月

曾经沧海为立世，
疏财生前胸中诗。
鬓霜点染桑梓地，
玉壶冰心国有知。

王安石

二〇〇五年十二月

沉心亲民十余年,①
厚积薄发上万言②。
图治敢倡三不足③,
励精何惜两辞官④。
以身许国忍毁誉,
心系天下克险难。
用人有恙操太切,⑤
不挡千年一大贤。

---

① 1047 年至 1058 年,王安石坚持在地方做官,了解百姓疾苦,为民办实事。其间,屡辞京官不就。
② 1058 年,王安石向宋仁宗上《万言书》,系统提出自己的变法主张。
③ 当时,不少反对变法的大臣,利用一些自然灾害和天文奇象,大肆攻击王安石,并抵制变法。为驳斥反对者的谬论,王安石大胆提出:"天变不足惧,人言不足恤,祖宗之法不足守。"
④ 变法期间,王安石曾两次自辞丞相之职。
⑤ 在推进变法过程中,王安石不慎用了几个品行不端的人,给反对变法者以口实,产生了对变法不利的影响。同时,对变法的一些措施,王安石有时又操之过急,从而增加了变法的阻力。

乘船游宁德杨家溪

二〇〇六年五月

翠色洗天净,
碧波荡帆轻。
风弹水生色,
雨唱波动情。
寺钟沉且远,
山峦高又明。
置身恍如定,
潺潺是溪声。

骑马观山

二〇〇六年六月

信马由缰逃闹市,
飞径溅溪漫观山。
烟云沉浮携风雨,
峰壑掩映堆绿蓝。
细听羊咩唱浅草,
静闻鹿呦惊远泉。
催马跃上最高处,
临风放眼忘何年!

思暮二首

二〇〇六年秋

一

已如落日卧山时，
欲冷还热似嫌迟。
霞光渐隐立山影，
月色徐来扶林枝。
星缀一天空自许，
霜落两鬓唯心知。
云帆未必济沧海，
叫停斜阳漫吟诗。

二

寒雨潺潺凋万木，
败蒲衰柳半掩桥。
晚霭江上帆影尽，
暮烟林间鸟音高。

一窗素秋满眼瘦，
千顷黄花半瑟萧。
几声鸿雁传天际，
撩起怆慨扰逍遥。

偕友游张家界

二〇〇六年十月

千峰蹈云海，
万木舞苍穹。
烟轻漫两界，
风柔飞一虹。
斜照云生色，
落霞天吐红。
恍如蓬莱境，
飘飘一仙翁。

东坡吟

二〇〇六年冬

四贬五升①路八千,

乌台案②中逃命难。

和而不同罪两相,③

异中求是罚四寒④。

---

① 苏东坡一生都在宦海中沉浮,常年在贬升的路上奔波。四贬,指1079年贬黄州,1094年贬英州、惠州,1097年再贬儋州。五升,苏东坡一生中最主要的升迁有五次——1086年一年内连升三次,1092年又升两次,最高官位为兵部尚书和礼部尚书。
② 元丰二年(1079),一群与苏东坡有嫌隙的御史,为讨好变法的王安石,以谤讪新政的罪名,将苏逮捕入狱,先后刑审一百多天,欲置苏于死地。后因曹太后(神宗祖母)出面说情,加上宋神宗的惜护,最终苏死里逃生,流放黄州。乌台,指御史台。
③ 苏东坡政治思想偏保守,平时为人处事,秉持对事不对人的原则。实际上,他既不完全反对王安石的变法,也不完全赞成拒绝变法的司马光的观点。为此,将两人均得罪了。王安石与司马光两人均官至宰相。
④ 四寒,指四贬。

抱清吟

黄州最是失落地，
诗赋书画却极天。⑤
儋州凄苦化儒释，⑥
岁近七秩江不湍。⑦

---

⑤ 在黄州的几年，苏东坡的诗、赋、词与书画均达到了本人的最高境界。
⑥ 在儋州时，苏东坡贫困交加，境况十分凄凉。但在逆境中，其人生哲学及学术思想都发生了根本变化，达到儒释互补、融通的高度。
⑦ 在儋州时，苏东坡已近七旬，曾有诗曰："我心本如此，月满江不湍。"此处系借用。

悼阿拉法特

二〇〇七年四月

九死一生①又如何，
英雄无奈百战多。
头巾两色忧和患，
戎装一袭②泪与血。
内阅外寇澜难挽，
三利③皆失业成折。
宏图未践身先死，
遗恨千古万里雪。

---

① 阿拉法特亲历四次中东战争，从一名大学生成长为巴勒斯坦领袖。他一生中曾遭遇几十次暗杀。
② 阿拉法特常年头戴两色巾，身着戎装，形成一种鲜明的个人特色。
③ 指天时、地利、人和。

临窗坐夜观湖

二〇〇七年五月

湖波摇落窗前月,
林竹染黛水中天。
城中华灯浓如火,
天外河汉淡似烟。
老翁衰颅偏有发,
嫩月新钩但无圆。
静推物理消长夜,
且任远思越远山。

宁夏四景

二〇〇七年六月

坡头沙生绿,[①]
沙湖水撑天。
泾源清凉界,
情重六盘山。

[①] 宁夏沙坡头,原是沙洲。后经长年治沙,终成一片绿洲。

神农架游吟二首

二〇〇七年九月

一

远山缥缈翠欲滴,
林树繁花掩径迷。
蓬莱到此生羞色,
又闻琵琶弹碧溪。

二

人似天上走,
云在脚下流。
虹桥连烟树,
曲径通奇幽。
山高撑天破,
天低欲碰头。
风动幻影漫,
浑若梦中游。

雾霾感愤

二〇〇七年十月

时雾霾日重,见个别怪象,忧心不已。

雾霾又来迷神州,
掩天漫地惹人愁。
天变难言非人患,
人治空喊患无头。
满嘴道德却失德,
整天忧民竟无忧。
劝君多做治霾事,
莫让苍天下吴钩。

汾阳王①

二〇〇七年冬

重读新、旧唐书，感佩郭子仪的胆识和人品。因成俚句以颂之。

击楫中流挽狂澜，
天下安危系双肩。
以少胜多数战危，
舍生忘死屡克难。②

---

① 郭子仪因军功被封为汾阳郡王，一般称汾阳王。
② 公元755年，安史之乱爆发。危难之际，郭子仪率所属朔方军，大战史思明并败之；763年，叛军攻唐，郭子仪率军迎战，最后设巧计败敌；765年，叛将仆固怀恩引回纥、吐蕃大军攻唐。郭奉皇命率军迎战。时郭已近七旬，为分化敌人，以少胜多，他不顾生死，独闯回纥军大营，说服回纥部转而攻打吐蕃，大获全胜。由于郭子仪几次大仗获胜，才稳住了唐朝的危局。

持盈守虚安皇圣,③
谦让隐忍和宦官。④
严持家教芝兰出,⑤
浓墨重彩入耄年⑥。

---

③ 郭子仪位高权重,身历肃宗、代宗、德宗三朝,他始终以谦逊谨慎的态度诚待皇上,妥善处理了同三位皇帝的关系。
④ 安史之乱平定之后,唐朝皇帝对杀伐征战的武将极为忌惮。为此,武将出征时,皇帝常派宠幸宦官作为参军随军监督。对此,郭子仪采取了坦诚相待、隐忍退让的态度,既不居功自傲、盛气凌人,也不卑躬屈膝、违心逢迎,最大限度同宦官保持融洽关系,顺利完成了出征作战的任务。
⑤ 郭子仪持家严谨,对家人管束严格,家风良好。相传,在此家风的影响下,其八子七婿皆成重臣。郭家成了中晚唐朝局中赫赫有名的家族。
⑥ 郭子仪八十五岁谢世,寿终正寝。

抱清吟

观 松

二〇〇八年春

踏云腾雾喜自低，
敢吐清气与天齐。
春夏不争娇花色，
秋冬敢比苍干枝。
空谷孑立且了了，
高峡兀挺忍已已。
静守青山到垂暮，
坐品白眼与冷欺。

满江红

汶川地震

二〇〇八年五月

天崩地裂,
转瞬间、家毁人灭。
风雷怒,
百川沸腾,
万径俱绝。
惊悉朋辈成新鬼,
悲闻家人会阎罗。
抱恨长天,
人命微薄,
心泣血。

神州奋,
挽山河;

心一同，
补地缺。
愤昂首，
众志共谱新歌。
八方驰援动天地，
九州相携感日月。
戾气扫，
山川又重热，
齐庆贺。

金融危机感咏

二〇〇八年八月

闻个别专家罔顾国情,高谈阔论,忧愤不已。

劝君莫信"洋经论",
狗皮膏药贻患深。
贸易自由尚少见,
经济一体还枉闻。
虚拟岂可代实业,
立本何敢玩金银!
墙上芦苇堪误国,
嘴尖皮厚是佞人。

秋风入京

二〇〇八年九月

遥望西山黛影清，
秋风十万下都京。
风声习习茶香漫，
柳丝依依炊烟轻。
人届暮年百梦老，
物入初华万事兴。
古今往来多少事，
尚须费神细细品。

秋风赋

二〇〇八年秋

梳枝驱暑意,
摇叶玉露滴。
扑面感时去,
拂鬓觉岁移。
云淡百花老,
天高千山低。
谁谓秋意远,
飒飒草离离。

凭栏独酌

二〇〇八年十月

小酌对长天,
怅然独凭栏。
微醺堪屈指,
沉醉忍盘点。
月华如霜净,
风清似水闲。
极目天际处,
鬓雪始何年?

悼黄克诚

二〇〇八年十一月

弹雨洗戎衣,
铁马踏日月。
出生无反顾,
入死有丹血。
临危敢授命,
落难拒失节。
真素三千岁,
清辉映山河。

抱清吟

为张志和书法艺术集题句

二〇〇八年十二月

盘板皆穿蕉叶疏，①
千家探罢始换骨。
梦依翰墨是痴醉，
此生奋写来者书。

---

① 传怀素家贫，习书以木盘、木板和芭蕉树叶为纸，因长年苦练不辍，致使盘、板皆穿，并用尽了房屋四周的芭蕉叶。

昆明湖吟兴

二〇〇九年五月

风拂柳丝连周岸,
翠拥亭榭半湖山。
轻波荡得嫩荷醉,
笑语撩水水撩天。

端　午

二〇〇九年五月

楚辞吟老端午节，
江底屈子①仍泣血。
角黍艾蒿年年祭，
江山依旧多冤雪。

---

① 指屈原。

与某公互答

二〇〇九年六月

常见某公衣褴陈,
奇而询之欲明因。
坦然一笑漫应我,
悠哉两问堪惊心。
汝知人间何为富?
尔懂世上谁最贫?
言罢飘然如仙去,
我却语塞久沉吟。

老 塘

二〇〇九年秋

老塘枯竭转荒凉，
桥影依旧荷先伤。
鸿雁列阵秋风里，
蒲柳无语色似霜。

偶 占

二〇〇九年十月

细看垂柳与梧桐,
柔丝黛叶各不同。
柳叶虽铺万般荫,
谁见凤栖柳丝中。

抱清吟

有 感

二〇〇九年十二月

河山九万里，
道远迭险弯。
心定山不阻，
知遇路成宽。
是非千秋史，
功过百年间。
屈指生平事，
不高不低间。

退休吟得俚句七首

二〇一〇年一月至九月

一

四十年来忙此身，
忙来忙去留憾深。
殚精任事赖素志，
披肝做人凭本心。
日日检省比贤圣，
夜夜扪心追勋臣。
白发青衫难卜命，
小卒过河亦精神。

二

此生此时堪回首，
齿龄已近七十秋。
不识伯乐识高下，
素心如海伴白头。

三

卸甲归来一身轻,
长天寥廓万里风。
对镜虽窥容颜老,
桑榆日薄仍有春。

四

浮云空纵横,
清流枉潺潺。
霜雪老万木,
风雨嫩千山。
京都一长梦,
故园五十年。
人在夕阳里,
老心仍接天。

五

长短难度定，
高低谁判量？
云淡山自高，
源深水敢长。
天高容万物，
海阔纳八荒。
牢骚是废语，
淡定方不伤。

六

大智何须多，
得失任评说。
立身最高处，
静观霜雪落。

七

独坐青灯酒一杯,
杯中苍发闪清辉。
左邻琴音哀与怨,
右舍人语是和非。
大悲因毁知遇梦,
小喜缘有暖风吹。
酒阑眼醉月色泻,
几声鸿雁似子规。

望 岳

二〇一〇年秋

满山黄叶掩秋寒,
几处瘦峰隔云烟。
苍松何时挂残枝,
披星戴月七十年。

为娄正纲绘画艺术集题句

二〇一〇年十月

绝顶临罢开境界,
穷尽源流自出新。
敢许丹青先天下,
中外画坛有此人。

读史杂咏十四首

二〇一一年

一

五 古

晁错殁书卷,[①]

徐达死蒸鹅。[②]

孔明两表[③]泪,

元素千刀血。[④]

武穆风波亭,[⑤]

[①] 晁错,汉文帝、汉景帝时重臣。因力主"削藩",被以"清君侧"为名的吴楚七国之乱所逼杀。其策可佳,其文则鸿,然书生气太足,善建言而不善实施。

[②] 徐达,助朱元璋创业打天下的勋臣。相传,洪武十八年(1385)因遭朱元璋猜忌被害。徐晚年背生重疽,忌吃鹅肉,朱元璋却派信臣送来蒸鹅。徐知朱之意,为保全家安宁,当着使者面将蒸鹅吃下,几天后,疽发不治身亡。

[③] 指诸葛亮上后主的前后《出师表》。

[④] 袁崇焕,字元素,晚明抗清重臣。因中皇太极的反间计,崇祯下令将之凌迟处死。

[⑤] 传岳飞被诬下狱,秦桧等人设计在风波亭将他杀害。后岳被平反,谥号"武穆"。

抱清吟

廷益土木劫。[6]
文相[7]丹汗青，
正学[8]朝堂雪。
少穆[9]虎门烟，
季高疆柳叶。[10]
彭帅神鬼泣，
总理天地歌。
悠悠万古事，
忠奸共明灭。

---

[6] 于谦，字廷益。土木劫，指明土木堡之变，发生在明英宗期间。在此次事变中，英宗被俘，朝野大乱，国事危急。在此关键时刻，于谦力排众议，拥立景帝即位，并率领明军打败了瓦剌对京师的入侵。后英宗被瓦剌故意放回，由徐珵等人设计复位。英宗复位后，于谦被诬以"谋逆"，惨遭杀害。

[7] 文相，即文天祥。

[8] 方孝孺，明初儒学鸿儒，建文帝业师，学问人品誉满天下，被人称为"正学先生"。朱棣攻陷南京后，方拒不事棣，并当面严斥，被朱棣灭十族。

[9] 林则徐，字少穆。

[10] 左宗棠，字季高，晚清重臣。1875年，左以钦差大臣身份督办新疆军务，最终成功收复了新疆。左在赴任新疆途中，沿路栽种了许多柳树，人们称这些柳树为"左公柳"。

二

问子何事生杞忧,
烟雨霜雾又满楼。
开国勋臣已亡尽,
守成英才正风流。
先公后私创业病,
始醒终昏守成瘤。
民心冷暖关社稷,
兴废之鉴应从头。

三

韩信成败在萧何,
魏征伸志帝襟阔。
伯温功高忧愤死,[11]
诸葛尽瘁哭未捷。
太岳死后遭酷害,[12]

---

[11] 刘基,字伯温,明初勋臣。与胡惟庸有隙被谮,遭猜忌,后忧愤致死。
[12] 张居正,号太岳,明中期推行变法,甚有成就。死后遭攻讦,籍没家产,家属惨遭迫害。

商鞅[13]入棺乃车裂。
自古忠奸若冰炭,
兴废存亡尽是血。

四

人事漫正邪,
天地多险患。
创业铁骑累,
守成肱臣难。
奸小喜淫乐,
忠烈惧诬谗。
江山如日月,
盛衰自年年。

五

姜尚无钩钓渭溪,
诸葛三顾本布衣。

---

[13] 商鞅,公孙氏,名鞅。在秦孝公支持下,在战国时的秦国多次推行变法,致秦强盛。孝公死后,被陷害,遭车裂。

太宗⑭襟阔活魏征,

文帝识短死贾谊。⑮

继盛⑯警世敢授命,

七君⑰救国生死以。

湘江夜晤推左出,⑱

前贤茔上柳依依。

六

儒家贯及几千年,

如水长流缘有源。

佛家宏论有人信,

经学亦曾失江山。

---

⑭ 指唐太宗李世民。

⑮ 贾谊年少博才,曾上疏陈述治世之策。初,得汉文帝赏识并重用,后遭庸臣诬陷,文帝亦渐远贾谊,贬其为长沙王太傅。后被召回长安,为梁怀王太傅。梁怀王坠马而死,贾谊抑郁而亡,死时仅33岁。

⑯ 杨继盛,明朝人,出身清贫,靠勤奋苦学中进士。嘉靖年间,大奸臣严嵩把持朝政,无恶不作,而朝中无人敢起而斗之。独杨继盛,不顾个人安危,屡屡上书,揭露严奸之罪,被严嵩逮捕入狱。在狱中,杨受尽非人之刑,肌肉腐烂,深可见骨,但杨宁死不屈,坚决不向严低头,以警醒世人。最后,被严设计斩决。

⑰ 指"戊戌变法七君子"。

⑱ 1850年1月3日夜,林则徐自滇返闽途中,在长沙湘江一船上邀见左宗棠。两人纵论国内外局势,更忧新疆防务。林认定事后能平定新疆者,唯左莫属。之后林在奏折中向朝廷力荐左。

法家虽誉成者少，
道学有真误玄谈。
一部文明百家汇，
何须求全责前贤。

七

土木堡[19]中惊天变，
力挽社稷一线间。
清白对死感天地，
于谦死后无于谦。

八

江河万古流，
天地总悠悠。
物无百载心，
人有千岁忧。
神交穿秋水，
知音待白头。

---

[19] 见前注。

总期襟抱开，
怆然每生羞。

九

蛤蟆吃天鹅，
浮云蔽日月。
鸡犬能升天，
鱼虾敢翻河。
流言伤周公，
庸识死赵括。
黑白可颠倒，
是非生曲折。

十

戊戌变法

山河破碎陆半沉，
民哭国殇帝惊心。
维新当是救国策，
变法更为除病因。
无奈股肱皆书生，

何况庸顽尽老臣。
七君横刀朝天笑,
千古瀛台百忍身。

十一

伯乐良骥互为因,
孰先孰后辩古今。
志趣相违俞钟[20]老,
高山流水琴瑟新。
指鹿为马[21]马生恨,
噤若寒蝉蝉违心。
识人识己被人识,
个中最难是知音。

---

[20] 指俞伯牙和钟子期。俞擅琴,钟善鉴赏。两人有"高山流水遇知音"的故事。

[21] 秦朝二世皇帝时,权臣赵高把持朝政,颐指气使,且欲去秦二世而自代。为测试群臣对自己的拥护程度,赵让人牵来一头鹿,却当众指说为马,一些佞臣即随声附和。

十二

千古知遇总难寻，
伯乐之事神乎神。
霜雪过后冷和暖，
炎凉新来假与真。
曾经百蹶敢有期，
历尽万难岂死心！
命运如舟波涛里，
咬定青山剩此身。

十三

弹指越甲子，
蓦然成老闲。
岁月惊风雨，
山河伤云烟。
瘦影辞旧岁，
老身守新年。
年迈是人生，
月每缺又圆。

十四

总有佞臣乱春色，
未见文章倾社稷。
英雄每患惧辩病，
小人常罹弄事疾。
清浊混掺成江河，
正邪斥扶贯今昔。
直生曲死何须叹，
万里山河情依依。

寄病中友人

二〇一二年孟春

难忘相扶初学时，
更记月下笑吟诗。
三乞苍天赐灵药，
助君百年赴死迟。

抱清吟

重游西湖得句

二〇一二年五月

不到杭州又十年，
西湖新姿接新天。
情侣倾心断桥上，
柔柳舞风碧水前。
两堤①揽遍古与今，
一墓②判尽忠和奸。
莫道良辰皆美景，
不忘思危方久安。

---

① 指西湖上的苏堤和白堤。
② 指西湖边的岳飞墓。

虎跳峡[1]

二〇一二年六月

涛声传天外,
流湍裂岸开。
奔雷咽跳石,
飞浪冷天白。
鸟音嘹云雾,
人语漫峡隘。
驻足胸激荡,
深悔老方来。

---

[1] 虎跳峡位于云南境内,系赴香格里拉必经之地。是处,水湍浪急,江心有一巨石,曰"虎跳石",相传峡也因此而得名。

泸沽湖口占

二〇一二年六月

云压翠峦树万重,
碧波映天风声轻。
几处炊烟袅袅起,
似幻似真似梦中。

香格里拉即兴

二〇一二年六月

千山尽杜鹃，
十里不同天。
野闲村舍静，
难信是人间。

民族乐器赞

二〇一二年九月

近年，多次聆听民乐合奏，不仅觉得曲高韵雅，更感中国民族乐器之奥妙无比。

笛箫筝埙脱凡尘，
锣鼓板钹醉人心。
二胡两弦奏仙籁，
琵琶十指演神音。
制材八方无铜锈，
神曲九重皆玉馨。
分明清雅复韵厚，
何必一味迷洋琴。

满江红

二〇一二年晚秋

万木摇落,
风萧萧、薄寒飒飒。
极目处,
无边山色,
满眼晚霞。
远山声气振秋冬,
近水情致唤春夏。
残阳照透了山和海,
仍无涯。

初衷在,
逝风华;
平生志,
误造化。
天尚怜直道、人却黄花。

抱清吟

六秩肝胆成旧梦，
五味心迹白新发。
古稀至、何事仍牵挂？
是天下。

同德国赛德尔基金会合作二十五年吟贺[①]

二〇一二年冬

二十年来心相期，

共谋合作争朝夕。

曾记车内定和同，

更忆船上存歧异。

几身累汗出硕果，

数堆劳尘厚情谊。

如今鬓发皆挂雪，

此情此景成长忆。

[①] 教育部自二十世纪八十年代开始，同德国赛德尔基金会，就职业教育合作一事，进行了多次谈判。初，就合作的一些基本原则，双方争论较大。但大家态度认真负责，工作分秒必争。争论有时在火车上，有时在游船内。最后求同存异，双方在职教合作方面取得了显著成效。我有幸亲与其事，至今回想起来，仍感慨不已。

感 世

二〇一三年元旦

西亚战云正萧森,
中东内阋仍沉沉。
一霸气焰燎天下,
两国核武惊世心。
西欧力逊旧梦愿,
东亚势盛新推陈。
五洲皆盼祥和日,
西宇多鬼少真神。

感 年

二〇一三年二月

屠苏饮罢又一年，
再吟岳词强凭栏。
霜雪北国掩春色，
烟雨江南漫冬寒。
心如圆月望日[①]后，
人似残阳黄昏前。
空钓每伤渭水客，
一帆晚霞孤棹还。

---

① 望日，通常指农历每月十五日。

有思二首

二〇一二年三月

有感于奥巴马当政后对华的一系列动作和国际形势。

一

复兴大道真如铁，
步步履冰步步血。
亡我之心从来有，
冷战思维何曾缺？
四邻每少同心梦，
五洲常增异端雪。
竞争日烈当奋进，
清醒坚定多斟酌。

二

空前事业应醒知，
不靠神仙靠自持。
鹦鹉学舌非灼见，
邯郸学步是自欺。
万众齐唱复兴歌，
一心赋好国内诗。
不信天下独怜我，
忧患之中争朝夕。

隐 忧

二〇一三年五月

夜半醒来难再眠,
隐忧又来塞胸间。
国事日新大手笔,
人才辈出复兴篇。
古往今来何为大,
人心民心大如天。
劝君都莫为身谋,
只谋春色满人间。

遣 兴

二〇一三年六月

声远藉居高,
泉清凭山秀。
峰峦喜屹立,
江河恋奔流。
心清天地阔,
襟宽日月厚。
风雨千年事,
霜雪万古愁。

炎凉吟

二〇一三年七月

人走茶就凉,
快慢有文章。
情真惜时短,
意假嫌日长。
心安自有暖,
胸定当无霜。
淡泊是本心,
炎凉又何妨!

定风波

二〇一三年秋

远山迢递近畴平，
水天掩映帆影轻。
炊烟袅袅苍林静，
蝉鸣，
满眼风物满目情。

斜照沐面倦意兴，
半醒，
琴声阵阵杨柳风。
秋色又送夕阳远，
天命，
霜雪雨露是人生。

长白山天池

二〇一三年十月

岚动生幻影,
千峰拥瑶池。
圣湖映天碧,
神林染山奇。
雪是长年白,
春却每岁迟。
万仞悬畹水,
临者皆入迷。

愤 事

二〇一三年十一月

感愤于当时一些官场怪象。

心事连天枉自多,
欲罢不能发堆雪。
日间常见假姜尚,
月下难觅真萧何。
佞小翻腕官运起,
英雄袖手任蹉跎。
莫道玉壶冰心冷,
伤心之后血仍热。

悼小狗皮皮[①]

二〇一三年冬

骤然膝下空，
神伤难已矣！
忠纯抚老心，
憨厚慰暮寂。
入梦影顽泼，
醒惊声凄厉。
情越人畜界，
戚戚成长忆。

[①] 家养一小狗，名皮皮，是年冬病死。死前它紧偎在我身边，双眼一直注视着我，满是乞救之情。它因浑身剧痛，不时发出凄厉之声。此情此景，让我心痛如绞，久久难已。

坐 思

二〇一三年十二月

坐思常落忧天泪，
惊梦每是愁断肠。
住行无忧心难静，
衣食有余神却伤。
此身本应随所欲，
缘何偏却生悲凉？
忧患安乐一生事，
没有波涛非海江。

七十感怀十六首

二〇一四年

一

充橱盈笥尽是书，
书城独坐生厌读。
灯下吟诵难服老，
梦中裁云不认输。
亡羊补牢尚可试，
求禅修身犹能图。
泉台虽近不急往，
杖声铿然风弹竹。

二

艾发暮齿力渐穷，
当年勃发不从容。
忧患经年今又是，
原来本心在腾龙。

三

六十方知学问少，

古稀更觉才能低。

欲再乘风从头越，

无奈残阳已卧西。

四

似水年华逐逝波，

难多来日壮山河。

目眊腰楚心未冷，

襟抱半开付吟哦。

五

弱冠负笈出豫西[①]，

破帽敝屣褴褛衣。

箪瓢[②]破岩[③]酬母泪，

[①] 本人老家是豫西一小村。
[②] 孔子赞弟子颜回曰："一箪食，一瓢饮，在陋巷，人不堪其忧，回也不改其乐。"此处借用其意。
[③] "破岩"及后文的"立根"，均取自郑板桥的诗句"立根原在破岩中"。

薪胆④立根报国期。
顶礼先贤怯仰止，
膜拜后哲敢思齐。
枉误频多催命老，
不要人怜要期颐。

六
七十年来图破壁，
苦苦求索仍未穷。
上愿下福答清心，
高立宽行⑤问和同。
被识被误半生梦，
自知自得一老翁。
权将余生付茶饮，
清香亦可上九重。

---

④ 薪胆，即卧薪尝胆。
⑤ 清代左宗棠曾题联："发上等愿，结中等缘，享下等福；择高处立，寻平处住，向宽处行。"

七

腿瘸謦欬成寐难，
究因已是古稀年。
早岁艰辛惧空负，
老来闲适忧倾天。
心事当了却未了，
愁怀该宽仍难宽。
慨然已是黄昏后，
身如夕阳到山前。

八

老来懒阅人事态，
仍惊某公频升抬。
橘枳南北⑥竟两运，
霜雪东西仍一白。
抒情点画入废纸，
吐魂诗赋没蒿莱。

---

⑥ 春秋时，齐国使者晏婴对傲慢的楚灵王讲了一段话："橘生淮南则为橘，生于淮北则为枳，叶徒相似，其实味不同。所以然者何？水土异也。"此处申其意，指两个才能一样的人，因其背景相异，官运则截然不同。

无奈总在无用后,
半是眷恋半是哀。

九

垂暮更期有知音,
忍看悬车⑦空留琴。
荣辱浮沉真成假,
淫雨邪风假变真。
日日烟云薰清袖,
夜夜月色洗胸襟。
彻耳秋风揪命老,
独吟独卧独伤神。

十

情满山川仍未了,
爱溢海江有风寒。
盘点一生云和月,
锦瑟惊见七十弦。

---

⑦ 古人做官,七十可退休,废车不用,故称"悬车"。

十一

遥望中原山外山，

忍将豪情遣笔端。

千年云烟伤往事，

一生劬劳慰旧年。

屈子⑧未必成屈子，

谢安⑨毕竟是谢安。

千古只有一片月，

兴亡满眼江不阑。

十二

老气已横秋，

秋心竟难休。

廉颇宁辞老，

黄盖⑩敢分忧。

希文⑪先天下，

---

⑧ 屈子，即屈原。
⑨ 谢安，出身士族，东晋孝武帝时重臣。淝水之战中，谢以八万人马，大胜前秦苻坚所率的号称八十万的大军。后遭排斥，不久病死。
⑩《三国演义》赤壁之战中，黄盖为周瑜分忧，施苦肉计大败曹军。
⑪ 范仲淹，字希文。

少穆⑫怀神州。
大江终东去,
不负雪满头。

十三

七旬弹指间,
回首意怆然。
早岁生计累,
中年立世难。
初衷伴日月,
本心对河山。
暮从碧霞落,
身老泉台前。

十四

不期秋风至,
但喜落日圆。
霞光映天和,

---

⑫ 林则徐,字少穆。

月色泻地寒。
帆轻江流上，
钓重湖波间。
未了三生事，
匆匆入暮年。

十五
四 古

人贵情真，友唯谊深。
义托生死，爱依净纯。
腹心相照，声气相吟。
志趣相契，和衷共欣。
恩若救急，一芥千斤。
仇无大小，恨在辱身。
愁有深浅，莫过死心。
命重似山，直节最珍。
血浓于水，骨硬逾金。
生生死死，送古迎今。
宁鸣而死，不默而生。
永矢初心，笑等寿终。

十六

蒲扇短褐上凉台,
一杯香茗月入怀。
山影隐隐晚霞落,
江声约约暮霭开。
苍茫影外玄音起,
喧闹语中柔风来。
红尘万丈总难净,
此身堪惊情未衰。

思友人

二〇一五年元旦

满眼霜雪思远客,
败蒲衰柳两老身。
欲寄相思惆怅旧,
几写断肠祈愿新。
曾是鲜花添春色,
今成残荷摇暮吟。
晚霞一枕忍投老,
坐卧夕阳情更深。

晨 观

二〇一五年四月

晨风袭来一院凉,
细雨渐歇雾漫江。
云压青山千仞立,
灏气浥袖透南窗。

湖边漫步

二〇一五年春

往事已尽无挂碍,
信步湖边湖当海。
嫩荷依然清爽气,
青山仍旧潇散态。
培公十年卧雪去,①
索相六秩入牢来。②
万里长空万里梦,
天光云影拂钓台。

---

①② 借用电视剧《康熙王朝》中周培公和索额图的故事。

五 古

忆亡友

二〇一五年五月

前年情似火,素馔伴浅酌。
慷慨论旧岁,激奋血还热。
去秋罹绝疾,惊悉万木落。
笑抚生死事,坦然话语多。
同坐翠微里,但观烟霞绰。
心定如井水,眉开似满月。
高云共寸心,酹酒对山河。
今冬朔风狂,卷飞坟头雪。
撒手公归早,留我泪滂沱。
悲成拱木恸,椎心哭当歌。

为小说《根》中一段爱情悲剧题句

二〇一五年六月

杜鹃啼血曾有过，
举案齐眉费厮磨。
三江徐娘弄新姿，①
梅州萧郎负旧约。②
秋扇已捐竹马散，
春琴音断青梅落。
绕树三匝失凭枝，
宁信九泉真情多。

---

①② 隐指小说中，三江的一位美妇勾引了梅州的一位有妇的官员，从而造成一段因爱情而自杀的悲剧。

夏日感事

二〇一五年七月

笔垂墨露盈砚池,
临轩白发对柳丝。
下笔抚昔十万字,
临纸追思千首诗。
风华激扬恨霜早,
才气纵横悲露迟。
胸中块垒是复兴,
梦中云帆每依稀。

吟 老

二〇一五年八月

一壶老酒酬暮年，
其实心迹在从前。
年光激箭催人老，
岁月穿梭逼命阑。
洛令强项①未圆梦，
抱璞青衫难成仙。
清啸三声传天外，
老情又过万重山。

---

① 汉光武帝时，董宣任洛阳县令。帝姐湖阳公主的家奴，仗势杀人后躲入公主家中。董宣不畏权势，杀之。湖阳公主为此向光武帝告状，要求杀董。董以头撞柱自杀抗之。后帝让董向公主叩头赔罪，董仍坚决不从。帝见此生回护之意，且感慨董真是一个强项县令。

月夜小酌

二〇一五年八月

明月又来分酒香，
凭栏举杯人成双。
几声洞箫送晚暑，
数缕琴音迎早凉。
林树摇曳动月影，
星斗闪浮出玉光。
古今往来多少事，
如朝如暮如冰霜。

渔家傲

梁子湖畔

二〇一五年九月

山掩湖面山压山,
天沉湖底天映天。
微风习习雨潺潺。
凝目处,
水天一色色无边。

赏景会心袖轻烟,
随心意适气吐兰。
足蹈步翩舞清闲。
迷归路,
依稀驾云到仙山。

秋　心

二〇一五年十月

南溪柳叶落黄昏，
北塘瘦荷吟风沉。
夕阳衔山非残照，
晚霞染天是老魂。
一半勾留牵明月，
整片胸襟抱冰心。
沧海横流流往事，
大江波涌涌古今。

咏 莲

二〇一五年秋

叶盖俯仰连远岸,
瘦茎亭亭立水蓝。
花淡结子出玉珠,
根直守白生雪莲。
碧心敢辞污泥色,
清馨不屑桃李甜。
世人应信爱莲说[①],
应怜冰心在暮年。

---

① 宋代著名理学家周敦颐作有《爱莲说》一文,盛赞莲花的气质与品格。

寄 老

二〇一五年十一月

古稀享尽趋耄耋，
梦回总是旧日月。
点检陈年生忧丝，
掂量新岁出憾缺。
运鸿未必真丈夫，
命蹇如何不豪杰。
归棹犹恋夕霞晚，
门前梧桐已挂雪。

偶 成

二〇一五年冬

几欲放歌却惆怅，

识玉辨才费思量。

稷下之学有邹忌，[①]

汉家朝中无子房。[②]

成败萧何在月下，

荣辱司马[③]缘文章。

是非尚可待身后，

最忧二曹[④]阋萧墙。

[①] 战国时，齐国君主在齐国都城临淄稷门附近设置学宫，称"稷下学宫"。该官招揽各学派名家著书讲学、切磋驳难，成为当时各学派活动的学术中心。邹忌，为齐相，积极支持办此学宫，并劝说齐威王广开言路、革新政治、选拔人才。

[②] 张良，字子房，汉初功臣。辅佐刘邦登上皇位后，即归隐。

[③] 指司马迁。

[④] 指曹丕、曹植两兄弟。

寄 事

二〇一五年十二月

何事总来扰从容,
忍看晚霞正退红。
情满河山通天外,
心老江湖入梦中。
利害惧论生奸小,
是非敢计出英雄。
七十年来非虚幻,
不信尘沙信苍穹。

安　暮

二〇一五年十二月

垂暮之年更散淡，
懒理蜗居为偷闲。
墙皮斑驳似烂画，
地板凸凹如破船。
弃用手机图清静，
断置网络躲喧烦。
唯留翰墨成老醉，
忘机个中天地宽。

秋兴十六首

二〇一六年

一

无边秋风阵阵急,
落木萧萧掩江堤。
蒲柳风前花已老,
松竹影里鸟正啼。
夕阳绯绯爽清袖,
残月绰绰洗布衣。
对镜顿知成散人,
老雁叫天天亦低。

二

草木凋零后,
萧疏动地吟。
云轻苍山远,
风重长河急。

黄叶掩千径,
秋色染万林。
触景忆旧梦,
杖藜是老身。

三

满院零落是秋叶,
风声细雨萧萧歇。
薄霜竹叶似雪色,
玉露松冠如碧血。
烟漫江上帆影尽,
雾沉山中鸟音绝。
壮心未必与岁老,
白发亦可拂日月。

四

又到一年中秋时,
白发盈头无尽思。
月泻千里婵娟笑,
风爽万家少陵诗。

才高应祭伯乐庙，
志远当拜卧龙祠。
谁期人生如满月，
奈何桥上当可知。

五

淡霜漫抹秋色浓，
晚霞红彻老梧桐。
风声飒飒催霭散，
落木沙沙退花红。
瘦竹摇曳寒窗外，
衰菊婆娑夕阳中。
乌丝写韵能治老，
暮心如海兴如虹。

六

落木阵阵散清寒，
朔风萧萧日卧山。
苍竹留翠乃陈色，
老荷失碧是旧年。

瘦菊叶凋催秋尽，
铁梅绽蕾露春颜。
天高云淡今又是，
江边一叟钓老闲。

七

拈须一笑入秋时，
江郎才尽未可知。
鸟恋老树绕三匝，
云依青山化千丝。
落木苍干知冷暖，
疏枝黄叶懂早迟。
岁序得失俱忘却，
初衷赢得万首诗。

八

松涛沉沉江天远，
霜染层林满室寒。
夜半独酌惊高卧，
新酒难酬旧云烟。

九

秋重万木起零落，
初寒凋伤旧山河。
菊衰荷败摇玉露，
谷熟稻香荡金波。
天高云淡雁声远，
地阔烟轻蝉音咽。
世人临秋多兴叹，
其实秋获为最多。

十

一日黄叶落万里，
两夜萧瑟寒千山。
院中衰柳携荷老，
白发林下剩清闲。

十一

春夏消尽又临秋，
露重风沉红叶稠。
千山烂漫供俯仰，

万里清爽任去留。
落日依依惜今昼,
晚霞溶溶待从头。
老心未遂秋色去,
且凭杯酒坐小楼。

十二

秋风难染年迈松,
春光不再满五湖。
老山空叹八斗墨,
夕阳犹恋万丈图。
云聚云散有离合,
花开花落无胜负。
人道五十知天命,
吾逾古稀仍糊涂。

十三

秋气漫江上,
暮色黯都城。
落叶伴霜起,

凋花随雨沉。
景在云漫处，
情泻波涌中。
鬓发今更白，
熠熠照此生。

十四

秋月吐霜似嫌淡，
华灯数点照嫩寒。
径幽轻吟忆旧岁，
荫深信步思新年。
远鸟音咽似有诉，
近山影隐若无眠。
故国青山穿秋水，
独坐晚风又一年。

十五

秋风老万叶，
晚霞催日落。
雁啼送寒暑，

雨潺洗日月。
松高瘦且硬，
竹低直亦节。
人生谁无憾，
成败问萧何！

十六

　　青海湖远眺
远看似天近是海，
碧波帆影天边来。
牛羊哞咩唱碧草，
清风习习入晚怀。

初夜听箫

二〇一七年三月

溪畔柳下品吟箫,
龙钟衰身气未消。
隔岸丛竹舞清影,
月色如水过老桥。

写兴八首

二〇一七年四月至五月

一

青山总有意，
江河流古今。
发自今夜白，
皓月照我心。

二

闲云出岫任自遣，
峰峦蹈云每觉寒。
斜阳满身江边坐，
千帆尽处是暮烟。

三

一袭布衣遮万寒，
两袖清风荡心宽。

三知①堂内每自省，
又添白发拂适闲。

四

天意谁可测，
真情更难言。
残烛心内泪，
落日身外寒。
庸者醉逸乐，
高人醒忧天。
忠奸可同尘，
一年又一年。

五

极目逐山远，
海阔天地舒。
明月钩缺伤，
斜阳黄昏惧。

---

① 指天知、地知、自知。

世有千般态，
人堪万种书。
往事应了了，
老命剩呜呼！

六

何事刺心扰从容，
依稀嘶枥夜夜同。
几度声咽非暮鼓，
数番风发是晨钟。
只身欲补人间缺，
双手思救桑梓穷。
身老空余后死叹，
一寸夕阳一寸魂。

七

窗外湖碧水中天，
楼上河汉每自偏。
一片清心消永昼，
夜夜冷月伴无眠。

八

咏 小

草短阻风沙，
米微撑生涯。
屋窄堪容身，
心小装天下。

江 边

二〇一七年六月

信步大江边，
暮色冷千帆。
浪急滩头歇，
云涌峰顶闲。
低眉吟沧海，
引颈啸长天。
嘶枥又依稀，
残阳却衔山。

寄友人

二〇一七年七月

推枣让梨味最香,
雪夜青灯论华章。
同是家贫饥肠累,
一样路曲清志刚。
戒得每恃怀抱远,
自胜总仗眼量长。
烤薯之诗还记否?
忆昔当暖暮心凉。

山 暮

二〇一七年八月

倚门观山暮，
虚窗揽清风。
摩挲是旧物，
夜吟乃老情。

内蒙古草原口占

二〇一七年九月

碧野欺天阔,
牛羊似梅雪。
忘情任长啸,
柔风传牧歌。

满江红

曳杖观海

二〇一七年十月

山高天远,
秋风里,
满眼寂寥。
波涛涌,
一望无际,
斜阳残照。
瀚海连天天在水,
群鸥掠波波逐潮。
浪花急、船影出没处,
尽缥缈。

抱清吟

春色尽，
人已老；
心绪重，
白发飘。
古稀催耄耋，
心事难了。
古今只有一片月，
往来难得两逍遥。
俱晚矣，
人生如攀岳，
谁最高？

桑榆吟

二〇一八年春节

桑榆不辞双鬓斑，
再竭衰身古稀年。
振衣岭上丈日月，
把酒林下量云烟。
春华收尽成与败，
垂暮思透悲与欢。
袖手从容评此生，
也许可在瓦琰间。

答友人

二〇一八年二月

君问何以解烦忧,
悲喜如粟任自收。
志存高远始有路,
水唯向下方成流。
知足如夏吃淇淋,
自得似冬着貂裘。
心适意闲远财色,
忘情物外消万愁。

品知遇

二〇一八年三月

曾经沧海难知深，
绝顶临罢方懂云。
知人知己半生觅，
遇知被知一世寻。
萧何惜才追月下，
俞伯摔琴谢知音。[①]
伯乐如有也瞽眼，
从来知遇凭大心。

[①] 俞伯，指俞伯牙。他与钟子期有一段脍炙人口的"高山流水遇知音"的故事。钟子期死后，俞伯牙摔琴毁弦，从此不再弹琴。

思 老

二〇一八年五月

窗邀疏影入书房，
暮骨成神也神伤。
朗朗乾坤容我老，
浩浩长天任梦长。
慷慨生悲情还笃，
牢骚喷愤心却凉。
老来应懂知足乐，
聊把憾缺付酒香。

独　处

二〇一八年六月

老来独喜远喧哗，
门可罗雀乃是家。
一室图籍可饱肚，
半院竹菊能消夏。
艰辛独知雪上印，
伤误自懂霜中花。
拈须每饮一壶酒，
抚膺再呷三杯茶。

往 事

二〇一八年八月

沉沉往事醒悟迟，
细思总叹春华逝。
风雪千山一片月，
云烟万里数行诗。
老去情怀少狂放，
新来思绪多愁丝。
总盼伯乐愈瞽眼，
良骥驽马各有时。

夜 吟

二〇一八年九月

披衣不觉夜色阑，
林梢犹见星斗寒。
曳杖临窗低吟哦，
此心可悟三百年。

抱清吟

太史公①

二〇一八年十二月

不惑之年太史令，②
改历初成动史笔。③
秉公直书触龙颜，④
说项李陵招祸极。⑤
忍辱负重受腐刑，⑥

---

① 后世多称司马迁为"太史公"。
② 司马迁继承父志任太史令时，年近不惑之年。
③ 司马迁初任太史令时，曾参与制订我国第一部比较完整的历书《太初历》，完成之后，即动手编写《史记》。
④ 司马迁动手撰写《史记》时，取证、著文力求客观公正。为此招致汉武帝大怒。
⑤ 汉武帝命李广利攻打匈奴失败后，又怒令李陵率五千步兵同匈奴作战。李陵初战告捷后，遭匈奴三万精兵包围。李陵无奈之下，为保存余部而投降。汉武帝闻讯震怒，即下令治罪李陵妻子及儿女。司马迁虽此前与李陵毫无交情，但出于正义和作为史官的求是态度，对汉武帝作了劝谏，并为李陵兵败辩护。汉武帝据此认为司马迁为李陵同党，将其打入死牢。
⑥ 据汉当时的法律，对判死刑者有两种免死办法：一是用五十万钱赎之；二是接受腐刑，即割掉生殖器官。司马迁官小家贫，自然无法用钱赎免。但腐刑是对人格的极大侮辱，对士人来讲更是如此。初，司马迁不愿接受此刑，曾想以自杀了之。后出于完成写就一部"通古今之变"的史书的宏愿，忍辱选择了接受腐刑。

焚膏继晷著奇籍[7]。

垂暮再次成南冠,[8]

绝唱[9]史记通今昔。

---

[7] 指《史记》。
[8] 据说司马迁在写《史记》的过程中,因坚持秉公直书,得罪了不少达官权贵。于是,在汉武帝病重时,这些人即群而攻之,诬陷司马迁参与了太子的"巫蛊案"。汉武帝轻信之后,又下令把司马迁再度打入死牢。司马迁不久即撒手人寰。
[9] 鲁迅曾评价《史记》是"史家之绝唱,无韵之《离骚》"。

七十五岁漫兴十四首

二〇一九年

一

景逼耄耋命将老，
夕阳虽好时已迟。
乘风破浪剩旧梦，
杖藜疏发余新丝。
往岁无暇寻章句，
今日得闲治小诗。
独抱秋心小楼上，
看山看水忆当时。

二

七十已知终，
何须百年期。
揽镜敢自照，
不羞白发稀。

三

书生意气已近息，
背弓膝屈逾古稀。
少时艰辛敢断腕，
壮岁苦涩忍已矣！
入梦又闻慈母训，
酒醒更羞严父期。
山河望断尽春色，
奈何头白霜满衣。

四

浮名浪得隐憾深，
欲成底事慰自身。
两片胸襟堪成阔，
一颗冰心可谓纯。
最苦不在身心累，
至痛正是人格损。
满目青山情未老，
万里秋风拂霜鬓。

五

帆正待风起，
月明盼净空。
泉清自超然，
山高任从容。
人事往来异，
炎凉古今同。
老有无穷感，
总恋落霞红。

六

此身已近西天界，
当无挂碍笑对别。
缘何依依难割舍，
未睹复兴心有缺。

七

平生块垒化长吟，
白发难丈垂暮心。
趋避不劳君指点，

壕内坚守有老身。

八

一朝发白知命老，
暮鼓惊心情难消。
落霞无边山依依，
夕晖连天海滔滔。
王通①河汾豪气散，
嵇康竹下酒香飘。
期颐未必是天命，
此生颇负未折腰。

九

人生百味一壶酒，
身后炎凉三碗茶。
落花流水春可去，
敢留余晖半山霞。

---

① 王通，隋大儒，曾聚徒于河汾，仿古人作"五经"，以《中说》比《论语》。培养了不少人才，死后弟子赞其可与孔子比肩。

十

漫忆平生事，
冷暖唯自知。
人间走一遭，
坦然可吟诗。

十一

难挡岁月洗头白，
更知春华已成衰。
深夜扪心心有憾，
初晓惊梦梦生哀。
喜见河山春色满，
笑闻江海凯歌来。
老来情味如老酒，
醇香之中有苦涩。

十二

字逊堂奥不示人，
诗不惊人留自吟。
但求无愧宁成笨，

敢留坦诚任伤身。
前尘堪忆笑和泪,
今事尚恃肝和心。
何为功过与成败,
无愧无悔百年魂。

十三

悲欢离合皆有源,
荣辱浮沉不由天。
清流虽清难成海,
宵小但小可兴澜。
老合投闲茶和酒,
命将就木书与烟。
糊涂清醒凭己意,
莫教良心沾污斑。

十四

几度坎坷一书生,
敢留正气慰自身。
无功岂缘才智浅,
但愧江东父老心。

除 夕

二〇二〇年

又是一年除夕夜,
旧岁新春从此别。
酒酽千家和气浓,
肉香万户笑声多。
昨日丰衣勿忘冷,
今朝足食应记缺。
品甜当思苦涩味,
五洲每见狂飙落。

西江月

送新冠瘟神

二〇二〇年三月

瘟狂武汉三镇，
黑云压城惊心。
域外人妖擂毒雾，
吠我由此陆沉。

神州同仇敌忾，
奋起齐战瘟神。
汗水洗透日和月，
又是朗朗乾坤。

惊 梦

二〇二〇年四月

梦惊坐听西风咄,
霸主痴心图亡我。
寒流欲摧春色倒,
狂飙妄砍红旗落。
围堵逼迫千般计,
蛮凌欺压万种恶。
遇变千遭何惧变,
坚定清醒天地阔。

忧 心

二〇二〇年六月

古稀一介应清闲,
偏生愁丝扰心安。
魑魅魍魉塞环宇,
险风凶患满河山。
金瓯扬眉仍有缺,
小康普现尚存难。
成败终定千秋史,
强大复兴路正远。

抱清吟

斟酌

二〇二〇年七月

独斟独酌酒千斗，
自沏自饮茶百担。
曾经沧海初识水，
历尽霜雪终懂寒。
不期天寿剩三知[①]，
坚信人生有百年。
心适翰墨白发笑，
且治小诗写晚山。

---

① 三知，指天知、地知、自知。

随 兴

二〇二〇年八月

寂寥放长歌,
忧愤心滴血。
小得源自守,
大成赖执着。
有人疑诚赤,
自信有高洁。
污浊应不染,
全凭正气多。

心　迹

二〇二〇年九月

几番清梦醒后寒，
满眼风色似云烟。
老莲身直横卧水，
苍竹节劲直插天。
斜阳惧与黄昏近，
暮琴喜弹晚霞前。
堪怜一夜须更白，
情寄万水与千山。

奈何桥

二〇二〇年十月

隐约已见奈何桥,
此生未了也应了。
身似一叶无轻重,
心如四海有波涛。
每叹东风难再借,
常吁机缘化九霄。
精白之心趋桥去,
一身黄昏风萧萧。

复兴难

二〇二〇年十一月

歌舞撼九天，
琴弦摇勾栏。
莫忘复兴业，
当是难上难。

嘲 老

二〇二〇年十二月

已逾古稀望耄年,
浮名堪破剩闲安。
一烟二酒三香茗,
四诗五文六砚田。
七忆八思九残梦,
十有书城伴甜眠。
琴画樗才不忍顾,
正谋买棹到乡山。

忆往四首

二〇二一年元月

一

少时家境寒,
求学倍苦酸。
慈母细照拂,
苦中也有甜。

二

弱冠立素志,
膜拜追先贤。
汗泪湿学路,
胸中自有天。

三

傲骨挺壮岁,
奋蹄更加鞭。

本心对万物，
无愧亦自安。

　　四
蓦然身已老，
点检难计年。
延宕到今日，
素心尚无寒。

生死辨

二〇二一年三月

生而无忧神仙事，
死而无憾乃圣贤。
生死离别心滴血，
九死一生悲淌欢。
生不如死裂肺腑，
醉生梦死断心肝。
生死本是人常态，
奈何此事大如天。

杂吟十一首

二〇二一年四月至六月

一

面壁禅难定,
掩卷独踌躇。
一隅相思泪,
两室闲愁苦。
青葱少年去,
白发老人出。
盘点平生事,
伤心亦悦目。

二

清凉应入山,
冰心当向寒。
思绪三千丈,
欲量万里烟。

三

余生已近盖板时，
天怜幸存数行诗。
字愧大家留魂影，
诗心无限待相知。

四

盖棺方为晚，
余生乃可览。
饭后三杯酒，
茶余一袋烟。
顽孙绕膝下，
爱犬戏眼前。
信步庭院里，
心定神亦闲。

五

万念权作罢，
一忱终未了。
谁可识老心？

残月挂林梢。

六

诗歪醒老酒，
字破醉嫩月。
此心九霄上，
俯瞰一生波。

七

惊龙惧卧水，
虎伤怯邪风。
往事随尘去，
难挡长啸声。

八

风清拂岸柳，
水急催帆棹。
长河在脚下，
头枕烟霞落。

九

嫩枝翠欲滴，
稚叶争展急。
谁言此叟老，
敢览众山低。

十

萧萧落木掩草凉，
枫叶红彻映小窗。
袖手斜阳荷伞老，
拈须落霞菊叶黄。
易借晚秋一片月，
难写耄耋两文章。
胸中有海总难静，
桑榆景中老心长。

十一

衣湿香雾发拂荫，
水瘦山青鸟音勤。
满眼翠色拥天地，
一川江水洗尘心。

满江红

党百年华诞志贺

二〇二一年七月

库门红船,
辟天地,
红旗漫卷。
百年间,
满是碧血,
烈骨成山。
前仆后继翻江海,
继往开来立新天。
喜回首,
神州换新貌,
春色满。

瓯有缺,
国存难;
初心在,
担满肩。
宏图待践现,
任重道远。
萧瑟阴风今又是,
滔天浊浪又眼前。
从头越,
卧薪并尝胆,
复兴篇。

感 愤

二〇二一年九月

一从新华立东方,
便有寇敌逞凶狂。
围堵打压欲亡我,
演变分化谋黄粱。
幸赖神州共敌忾,
更仗全党齐奋强。
霸鞭乱舞已非昨,
难挡复兴大文章。

苏幕遮

迟暮吟

二〇二二年元旦

眼已花，
耳亦聋。
衰像日著，
发颓伴齿松。
孤坐总生伤心痛。
意兴阑珊，
钓闲一老翁。

夕阳冷，
晚霞红。
高楼望断，

归思黯销魂。

杖藜凭栏难从容。

庾信愁赋,

低吟与谁共?

晚　霞

二〇二二年一月

残阳逆愿卧西山，
霞光熠熠染长天。
黄昏花影三分赤，
垂暮林荫一半嫣。
人逾古稀头盈雪，
树过百岁干带寒。
照彻沧海色仍浓，
燃透环宇留老闲。

思 慈

二〇二二年春节

老来悟彻世艰辛，
古稀更念二老恩。
舐犊襁负宛如昨，
推饭让衣犹似今。
海阔源自雨雪丰，
山高缘仗基石沉。
慈云九霄仍眷佑，
天下最大父母心。

好事近

冬　奥

二〇二二年二月

飞雪满京山，
竞场风光无限。
开幕开出仙境，
闭幕美轮奂。

万人来赛约共期，
笑语托五环。
疫魔诬言谁计？
五洲共婵娟。

病中吟

二〇二二年三月

病身沉沉任神游,
依稀乘风回中州。
茶前犹见慈母泪,
饭后更思严父愁。
小桥流水稚童趣,
粗茶淡饭乡音稠。
故旧朋辈凋零尽,
起坐默思涕泗流。

远客思

二〇二二年四月

故园又到春漫时，
繁花望断归仍迟。
因竟学业成远客，
为报国恩垒鬐丝。
回首家山三千路，
怅望桑梓百般期。
清夜细眺楼头月，
无尽圆缺无尽思！

独坐偶成两首

二〇二二年四月

一

早岁学路汗成河，
后来坎坷比汗多。
春华燃尽徒哭老，
岁月磨销枉泣血。
敢从是非索铮骨，
更向名利收清波。
此身不惧百年后，
奈何桥上又奈何！

二

豪情激扬在少年，
继有清志撑长天。
踌躇未敢生悔意，
犹豫终能立愿坚。

荣辱无干黄昏后，
点尘不到耄耋前。
若问此生何憾缺，
襟抱未开到西山。

抱清吟

吟 杖

二〇二二年五月

杖乡杖国①七十春，
难杖八秩晚岁心。
倚杖未必是垂暮，
曳杖亦可啸壮吟。
杖藜林间旧事重，
扶鸠②月下新梦沉。
杖尽天下无限意，
却漏眼前一老身。

---

① 《礼记·王制》："五十杖于家，六十杖于乡，七十杖于国，八十杖于朝。"
② 鸠，指鸠杖，杖端有鸠形的拐杖。古时常以此杖授于年老者。

六州歌头

半生吟

二〇二二年五月

中年意气，
扶摇接云天。
襟怀坦，
双袖廉。
财色远，
不苟安，
清白天地间。
任事坚，
勇克难，
奋争先，
抑苦酸，
自年年。
对酒当歌，

抱清吟

击楫在险滩，
岂计人言？
底事终堪览，
罔顾勤躯倦，
人瘦衣宽，
乐无边。

弹指投老，
发雪染，
须独皤，
有清欢。
目尽处，
鱼唱月，
鸟谈天，
雨轻弹。
风洗暮色寒，
桑榆晚，
任缠绵。
影自怜，

意姗姗,
悔缺憾,
初心难安,
总梦复兴篇,
直挂云帆。
应恨身先老,
心迹万重弦,
弹彻云天。